時を超え 僕は伯爵とワルツを踊る

春原いずみ

三交社

CONTENTS

Illustration

小山田あみ

時を超え僕は伯爵とワルツを踊る

本作品はフィクションです。
実際の人物・団体・事件などにはいっさい関係ありません。

もしも、この世に幸せな奇跡というものがあるなら、智実（ともみ）は出会ってみたいものだと思っていた。

奇跡はある。自分自身がある意味、奇跡の存在である智実は、ずっとそう思い続けていた。でも、奇跡が幸せで美しいなんて、誰（だれ）が決めた。奇跡は時に、苦くつらい。こんな思いをするくらいなら、奇跡なんて起きなければよかったのにと思う……そんな奇跡もあるのだ。

しかし、だからこそ、智実は焦がれるのだ。

幸せで、美しい奇跡に。

手を伸ばして摑（つか）み取れるなら、摑み取ってしまいたい。

僕は焦がれるのだ。

たった一人の……あなたの手を取る奇跡を。

そして、次の瞬間、絶望的な気分になる。

そんなことは起こり得ない。

一人の身に、そう何度も奇跡は訪れない。

でも、期待してしまう。一度訪れたのなら、もう一度と。
僕は焦がれる。
たった一人の……あなたに会いたい。

ACT 1

その日の朝、桂木（かつらぎ）智実は鈍くなりがちな足を必死に前に進めていた。歩いていこうと意識しなければ、足は止まってしまう。色白の横顔は細いラインで構成され、どちらかというと女性的で整ってはいるが、逆に整いすぎていて冷たい感じを与えると言われる。これは表情が乏しいせいもある。智実は、自分がいつ最後に笑ったのか覚えていない。笑顔の作り方さえ忘れてしまった気がする。

〝いきたくない……〟

まるで、駄々っ子のような自分の心を、智実はもてあましていた。

〝……もう……いきたくない〟

目の前をひらりと白いものが舞って、智実はふと顔を上げた。

「桜……」

いつの間にか、桜が咲いていた。枝がしなるほどの白い花。この道は毎日歩いているのに、こんなに花が咲いていることに気づかなかった。

「いつも……下を向いて歩いているからだな……」

よく姿勢が悪いと言われる。身長はさほど高い方ではないのだが、智実には猫背になるくせがある。人の視線が苦手だ。人に見られることが嫌いだ。だから、つい下を向いてしまう。伏し目がちに話すくせもある。人の目を見ることが苦手だから、ついそうなってしまう。

〝僕は……いつから下を向くようになったんだろう……〟

小さな頃はいつも上を見上げていた。びっくりする大人の顔を見たくて、いつも上を向いていた。下を向くようになったのは……びっくりした顔をした後、怒りと恐怖がない交ぜになった……両親の顔を見てしまってからだ。

〝そうだ……あの日から、僕は下を向くようになった……〟

智実の足がついに止まった。

「僕の居場所は……どこなんだろう」

ずっと胸の中にしまい込んで、口にしないようにしてきた根源的な疑問が、思わず溢れだしていた。

「この世界に……僕の居場所はあるのかな……」

「危ない……っ！」

「うそ……っ！」

「うわぁ……っ！」

その時、唐突にさまざまな声……叫びが耳に飛び込んできた。

「え……」

目の前に信じがたいものが迫っていた。どこかにぶつかったのか、フロント部分がつぶれた大型トラック。運転手は気を失っているのか、眠っているのか、ハンドルに突っ伏したままだ。

〝う……そ……〟

すべてがスローモーションに見えた。真っ直ぐに自分に向かって、突っ込んでくるトラック。

〝神様はやっぱり……いるのかもしれない〟

智実は目を閉じた。身体が軽々とはね飛ばされる。どこに落ちても、無事ではすまない高さまで。

もう、いきたくない……。

身体中を何かに押さえつけられているようだった。手も足も持ち上げるどころか、指一本すら動かない。やがてそれが、激痛によるものであることに、智実は気づいた。

〝生きて……いる……？〟

少しずつ少しずつ、意識が戻ってくる。霞（かすみ）がかかったようにぼんやりとしていた頭の中が、だんだんクリアになっていく。と同時に、感じる痛みも本物になった。

「痛……っ」

全身が筋肉痛の数十倍とも思える痛みに軋（きし）んでいた。あちこちに擦り傷や切り傷もあるのか、ひりひりとした痛みもある。むくんで重たい目蓋（まぶた）をようやく開けると、クロス張りのきれいな天井が見えた。凝ったアラベスク模様のクロスだ。あの光沢は……本物の生地だ。ビニール張りじゃない……と、変なところで冷静な自分がいる。

「お気がつかれたか」

よく響くバリトンボイスが聞こえた。しっとりとした艶（つや）のある美声だ。そちらを見たいが、身体が思うように動かない。必死に首をねじろうとしているのがわかったのか、その人はゆっくりと智実の視界の中に入ってきてくれた。

〝え……〟

小さめのウイングカラーのシャツにタイを締めた、その人はスーツ姿だった。しかし、その形がとてもクラシカルだ。身体のラインをきれいに出す仕立てはいいものだが、よく見るスリムなタイプではない。ジャケットの開きは狭めで、ジャケットの下にベストを着たスリーピースだ。驚いたことに、懐中時計の金鎖が見える。

「気分はどうだ？」

その人ははっきりとした口調で聞いた。きりりとした凛々しい顔立ちだ。男らしいしっかりとした彫りの深い顔立ちで、智実が『こうありたい』と思えるような、意志の強い感じのする顔立ちで、目の光も強い。深い二重の奥の瞳は軽い三白眼で、視線によっては睨まれていると思えそうだ。柔らかいくせのある髪をきれいに撫でつけているのも、今時ではなく、クラシックな感じがする。そう……ちょうど、歴史物のドラマに出てきそうな感じだ。

「まだ、ぼんやりしているのか？」

「あ、あの……」

智実はようやく声を絞り出した。喉がひどく渇いている。幾度か咳き込むと、その人はベッドの横に置いてあった吸い飲みで、少し水を飲ませてくれた。

「あの……ここは……？」

水を飲んだら、少しだけ身体が動くようになった。周囲を見回すと、部屋は決して広くはなかったが、隅々にまで手のかかった感じのするアンティークな洋室だった。調度品はアールヌーヴォー調でデコラティヴだが、色合いが落ち着いていて、品がある。どこかでこんな部屋を見た覚えがあると思って、気がついた。

〝そっか……庭園美術館だ……〟

たまに一人で散歩がてら出かける庭園美術館は、昭和初期のアールデコ調の建物だ。皇族の住まいとして使われていたものだった。その内部が美術館として公開されているのだが、そことなんとなく雰囲気が似ているのだ。

「ここは私の家だ」

「あなたの……」

「私は久城文憲（くじょうふみのり）という。ここは久城伯爵家の客用寝室だ。当分泊まり客の予定はないから、ゆっくりしていくがいい」

「伯爵家……？」

その一言で頭が真っ白になった。

〝伯爵家って……今の世の中に、そんなものないよね……〟

海外にはまだ貴族制度が残っているところがあるようだが、日本にはないはずだ。確かに、旧華族というものはあって、元伯爵家とかいう言い方は聞いたことがあるが、それが現実のものとして語られているのは聞いたことがない。

「えっと……」

しかし、目の前の人……久城文憲と名乗った人はひどく真面目な顔をしていて、冗談を言っているふうには見えない。

「伯爵家……って……」

「当主としては、若すぎるということか？」

久城が苦笑した。

「確かに、貴族院議員としては一番の若輩者だが、それは私のせいではない。私を残して早くに亡くなってしまった父上の責任だ。どうも、わが久城家には早死にの相があるようでな。祖父たちも比較的早世であったと聞いている」

「あの……僕はどうして、ここに……」

確か、自分はトラックにはねられたはずだ。冷静に考えても、あのスピードでまともに突っ込まれていたら、間違いなく即死コースのはずだ。それが、どうして一応五体満足で、しかも救急車で病院に運ばれることもなく、個人の家に寝ているのか。

「それはこっちが聞きたいことだ」

久城が椅子をベッドの傍に引き寄せた。美しい曲線でできた木製の椅子。クッション部分はワイン色のビロード張りだ。

「君は何者だ？　出先から戻ったら、門の前に君が倒れていた。しかも、全身その通りぼろぼろだ。失礼とは思ったが、衣服は使いものにならないと思ったので、私の浴衣を着てもらっている」

「あ……す、すみません……」

今朝家を出た時には、ポロシャツにチノパンだったはずだが、今はさっぱりとした肌触りの浴衣を着せられていた。

「しかし、変わった服を着ておられたな。ゴムのように伸び縮みする」

「え……」

「けがは大したことはないようだが、あとで一応、うちの病院に連れて行ってやろう」

「うちの……病院？」

「ああ」

彼はこともなげに頷いた。

「久城家は病院を持っている。まだ小さなものだが、いずれもっと大きくしたいと思っている」

「あなたは……医者なのですか？」

彼は首を横に振った。

「私は医者ではない。さっきも言ったように貴族院議員だ。君は何も知らないのだな」

〝な、何なんだろう、いったい……〟

頭は混乱するばかりだ。

〝えーと……貴族院って何？　議員ってことは……国会？　でも、衆議院と参議院じゃなかったっけ……〟

歴史にはとんと自信がない。

「人に会ったら、まず名を名乗るものだ」

「あ……」

智実はようやく、自分がまだ名乗っていなかったことに気づいた。

「あの……桂木……桂木智実といいます。助けていただいて……ありがとうございます……」

なぜ、トラックにはねられたはずの自分が、知らない家の門前になど倒れていたのか。

〝あそこには……門のあるような家なんてない……〟

智実がトラックにはねられたのは、住宅街ではなく、勤務先近くの交差点で、周囲はオフィスやショップばかりだ。

〝なんで……〟

「……伯父様」

その時、そっとドアが開いた。顔を出したのは、男の子だった。まだ小学校に入るか入らないかくらいの小さな男の子だ。前髪を切り揃えた坊ちゃん刈りといった感じの髪型をしている。色白の可愛らしい顔立ちで、深い二重の目が久城と似ていたが、瞳は黒目がちで、目が大きい。

「あの……お客さまは？」

「おや、伸吾か」

久城が相好を崩すのがわかった。端整な顔立ちが笑顔になり、男の子を手招く。

「おいで、伸吾。桂木さまだ。ご挨拶をしなさい」

少しためらってから、伸吾と呼ばれた男の子は、とことこと駆け寄ってきた。近づくとどこか久城に似た顔立ちをしているのがわかった。久城を『伯父様』と呼んだということは、彼の血縁の者なのだろう。

「……初めまして、桂木さま。久城伸吾と……申します」

伸吾ははにかみながらも、きちんと頭を下げた。見た目の年齢よりも大人びている感じだ。

「桂木……智実です」

「伸吾は私の甥（おい）だ。この屋敷には、使用人の他には、私と伸吾しか住んでいない。桂木さまもゆっくりとなさるがよい」

「え、あ、あの……っ」

　あまりにさらりと言われて、智実の方が慌ててしまう。言ってみれば、智実は行き倒れだ。それを伯爵家……貴族が拾い上げるというのか。海のものとも山のものとも知れない行き倒れを。

「君を見つけたのは伸吾だ」

　ゆっくりと立ち上がりながら、久城が言った。

「この子はひどい人見知りの上に恐（こわ）がりで、門前に知らない人間などいたら、家に入ることもできないのだが、なぜか君のことを助け起こそうとしていたのだと、家の者が言っていた」

「僕を……？」

「……あの……」

　久城の陰に隠れながら、伸吾が言った。

「……桂木さまが……とても、苦しそうだったから……痛そうだったから……」

「……ありがとうございます」

　智実は可愛らしい救助者に、丁寧に礼を言った。

「あなたのおかげで……お助けいただけました……」

「……はい」

　伸吾は思い切ったように、ぱっと智実に駆け寄ると、その手をそっと握った。すべすべと柔らかい子供の手の感触。

「お気がついて……よかったです」

　そして、ぱっと部屋から駆けだしていく。久城が本当に驚いた顔をしている。

「桂木さまには、何か特別な力でもあるのか？」

「あ……いえ……」

　びくりと智実の肩が震えた。

「そんなことは……ないと思います……」

「私にとっては、十分に特別な力だがな。使用人にもはにかむようなあの子が、あなたには恐がりもせずに近づく。あなたは悪い人間ではないようだ」

　久城はそう言い、軽く頷いた。

「仕事の時間なので、そろそろ失礼する。何か用があったら、そこの……ベルを鳴らせば、家の者が来る。遠慮なく、言いつけてくれ。君は、私と伸吾の客人だ」

「は、はい……」

枕元（まくらもと）には、小さなハンドベルと歴史の教科書でしか見たことのない黒々とした活字が印象的な新聞が置いてあった。

〝うそ……っ〟

その日付は、大正十二年四月一日だったのである。


ゆっくりとベッドから起き上がってみる。ふらふらとめまいがしたが、少し目を閉じているとおさまってきた。

〝とりあえず、大きな骨折なんかはないみたいだな……〟

自分の身体の状態はわかる。

これでも、智実は医師である。病院の総合診療科で常勤医師を務めていた。

「僕は……どうしたんだろう……」

身体は傷だらけだった。細かい擦り傷や打撲がほとんどだが、大したことのない傷でも全身となると、結構こたえる。頭も打っているのか、意識はしっかりしているものの、なんとなくすっきりしない。

「……」

ベッドから起き直って、室内を見渡す。やはり、美術館の中に迷い込んでしまったような、アンティークな造りだ。意外に天井が低く、室内もこぢんまりしている。しかし、細部まで凝った意匠が施されていて、華族の屋敷と言われて、納得できる造りだった。そっとベッドから下りてみる。

「痛……っ」

足をつくとずきりと痛んだ。骨折ではなく、捻挫のようだ。気をつけて足をつけば、なんとか立ち上がれた。ふわりとカーテンのかかった窓は、上下に開けるタイプだった。窓は開けずに外を見下ろす。部屋は二階で、下を見下ろすことができた。

「車……あるんだ」

しかし、これも教科書で見たことしかない、恐ろしくクラシックな黒塗りの車だった。道は舗装されておらず、車が走ると砂埃が上がる。

「なんだか……ドラマか映画のセットに迷い込んだみたい……」

ベッドの傍にあった新聞を取り上げてみる。智実が知っている新聞よりも紙がざらついていて、薄い。

「日付は……大正十二年四月一日……」

旧字体で読みづらいが、日付は間違いようもない。

信じがたいことだが、これはもう信じるしかない。こんな大がかりないたずらを仕掛けるような相手は、智実にはいない。

「僕は……」

平成の時代から大正時代に、タイムスリップしてしまったのだ。


テレビもラジオも、もちろんインターネットもない時代だが、智実は退屈することもなく、療養生活を送っていた。

「僕は、何も持っていなかったのかな」

毎日届けられる新聞は、読むだけでいいかげん時間がかかったし、考えることはいくらでもあった。

「でも……携帯とかあっても、役に立たないしなぁ……」

ぼんやりとつぶやいた時、トントンとドアが叩かれた。久城や使用人たちがノックする時のような固い音ではない。柔らかい手でトントンと叩いているのだ。

「はい、どうぞ」

「……失礼いたします」

大人びた口調で言って、入ってきたのは、伸吾だった。

「お邪魔しても……いいでしょうか」

「伸吾くん……でしたっけ」

「はい」

少しはにかんで、少年は頷いた。

「あの……ご気分はいかがですか？」

七歳だというが、口調はひどく大人びている。しかし、表情は幼くて、そのアンバランスが不思議だ。

「大丈夫です。だいぶよくなりました」

「……よかった」

少年は少し恥ずかしそうに言って、ベッドにそっと近づいてきた。

「あの……よかったら、これ……」

伸吾が持ってきたのは、児童向けらしい雑誌だった。紙はよくないが、素朴な色使いが可愛らしい。「赤い鳥」と「コドモノクニ」である。

「……伯父様の図書室に行けばたくさん本があるんですけど、僕、手が届かなくて」

伸吾は、智実が退屈していないかと心配してくれたのだ。そして、自分が手に入れられる雑誌を手にして、訪ねてきてくれたのだ。

「ありがとうございます」

智実は素直に雑誌を受け取った。

「伸吾くん」

ぺこんと頭を下げて、出ていこうとする伸吾に、智実はふと声をかけた。

「あの……よかったら、一緒に……読まない？」

「え……」

「一人だと……少し寂しいんだ」

この世界に、智実はたった一人だった。右も左もわからない世界に放り込まれて、智実は一人だった。

「……いいんですか？」

伸吾が戻ってくる。少しもじもじしていたが、ベッドの横の椅子によじ登って座った。

智実は横になっていたベッドから起き直る。伸吾が思わず手を伸ばす。

「……優しいね」

智実が微笑むと、伸吾は恥ずかしそうに首を横に振った。

「さ、本を貸して」

「……はい」

伸吾が持ってきた雑誌を手に取ると、智実は声を出して、童話を読み始めた。


「桂木さま……」

コンコンとノックをして入ってきたのは、久城家の使用人の一人である執事の宮本だった。主人が若いなら執事も若い。親子二代で久城家に仕えているのだという。

「お食事が……」

トレイを持って入ってきた宮本に、智実はそっと唇の前に指を立てた。

「しぃ……」

「は……？」

宮本がきょとんとしている。智実は微笑んで、ベッドにうつぶせて眠っている伸吾の髪を撫でた。

「眠ってしまいました。このままでは風邪をひくといけないので、お部屋までお連れしていただけますか？」

「はい」

宮本はトレイを置くと、そっと壊れ物を扱うように、くったり眠ってしまった伸吾を抱き上げた。

「しかし……驚きました」

ベッドから起き上がり、ドアを開けに行った智実に、宮本がつぶやくように言った。

「伸吾坊ちゃまはおとなしいお坊ちゃまで、なかなか私たち使用人にも慣れてくださいません。そんな坊ちゃまが泣きそうになりながら、桂木さまをお助けしようとしていたのにも驚きましたが、お部屋にまでご自分からお訪ねになっていらしたとは」

「僕のことを気にかけていてくれるようです」

智実はにっこりした。

「子供なりに責任のようなものを感じていらっしゃるのではないでしょうか。僕が退屈しているのではないかと、本を持ってきてくれました」

少年が何度も何度も読み返したに違いない紙の悪い雑誌。その中の童話や詩を読んでやると、内容は知っているはずなのに、目をキラキラとさせていた。

「桂木さまがいらしてから、伸吾坊ちゃまは少し大人になったようです」

宮本が静かに言った。

「いつも、ご自分の殻に引きこもっていたような坊ちゃまが、ご自分から手を差し出した。これはとても大きな変化です」

「執事さん……」

ドアを開けてもらい、伸吾を抱き上げて、宮本が部屋を出ていく。

「桂木さま、どうぞ……ごゆっくりご滞在ください。主は忙しく、坊ちゃまとお話しになることもなかなかできません。桂木さまに坊ちゃまがなついていらっしゃるなら……これほど、嬉しいことはありません」

「……はい……」

「それでは、ごゆっくりお食事を」

物静かな執事は、小さく頭を下げて、廊下を去っていったのだった。


智実のけがは、最初からかなりの軽症だった。医師である智実はそれを正確に把握している。だから、学校から帰ると、毎日のように本を抱えて訪問してくれる伸吾の存在はありがたいものだった。

〝へぇ……芥川龍之介とか有島武郎も童話書いてたんだ……〟

いくら言葉は大人びていても、伸吾は七歳の子供だ。時に読めなかったり、意味のわからない件があるらしく、智実が解説しながら読んでやるとおとなしく聞いていたり、声を上げて笑ったりする。

「おやおや、坊ちゃま、ご機嫌ですね」

お茶を持って入ってきた宮本執事がにこにこと言う。伸吾はこくんと頷いた。

「だって、智実さん、ご本を読むのが上手なんだもの」

「おや、そうなのですか？」

「うん。小学校の先生よりもずっと上手」

「いや……そんなことは……」

智実の声はよく通る。それはずっと言われてきたことだったが、朗読が上手いとは言われたことがない。おそらく、子供の耳に聞きやすい声なのだろう。

「僕、智実さんにご本を読んでもらうの大好き」

「それはようございました」

宮本がドアを閉めて去り、智実はひと休みと、湯気を立てるカップを手にした。

「……ねぇ、伸吾くん」

ふと、聞いてみる。

「はい、智実さん」

桂木さまと智実を呼んでいた伸吾だったが、さま呼びはやめてくれと言った智実に、伸吾は『智実さん』と呼ぶようになっていた。

「君が僕を見つけてくれたんだよね……」

「はい」

伸吾が頷く。

「智実さんは、うちの門柱の横に倒れておいでででした。身体中けがをなさって……気を失っておられました」

「その時なんだけど」

智実はゆっくりとお茶をすする。

「僕、何も持ってなかった？」

伸吾は椅子に座り、足をぶらぶらさせながら、首を傾げた。白い開襟シャツに紺色のズボン。こざっぱりとした身なりをしている。

「智実さんは、何も持っておられませんでした。傍にも何も落ちていませんでしたし」

まだ小さな子供なのに、しっかりとした話しぶりだ。

事故に遭った時、智実は病院に出勤するところだった。ポケットにものを入れるのが好きではないので、智実は財布や携帯電話をボディバッグに入れて背負っていた。しかし、それを身につけていなかったという。

〝事故で……吹っ飛んじゃったのかな……〟

「智実さんはどこからいらしたのですか？」

「……さぁ……どこなのかな……」

「覚えていらっしゃらないのですか？」

「うん……」

「でも、字は忘れていないのですね」

伸吾がにっこりした。と、その時、コンコンと軽いノックが聞こえた。

少しぼんやりしていた智実は、慌てて返事をする。

「は、はい……っ」

「失礼する」

入ってきたのは、久城だった。彼はいつもきっちりとした服装をしている。和服を着ている時もあるが、その時もきっちりとした感じだ。

「具合はどうだ？　桂木殿」

「あ、ええ……だいぶ、落ち着きました……」

智実が久城家に拾われて、そろそろ一週間になる。本当は、もうベッドにいなくてもいいくらいなのだが、体調がよくなれば、この家を出ていかざるを得ない。しかし、今の智実に帰るべきところはなかった。なぜ、自分がこの時代に来てしまったのかもわからないのだ。帰りようもない。

「伸吾、おまえがそうたびたびお邪魔しては、桂木殿の体調もよくならないぞ」

「はい……伯父様……」

伸吾は小学校の一年生だという。しかし、読み書きはしっかりしているし、語彙も豊富だ。

「いいえ、僕の方が気遣ってもらっていて……」

「伸吾、私は桂木殿と少し話がある。おまえは自分の部屋に行きなさい」

「はい、伯父様」

本を抱えて伸吾が出ていき、室内には、智実と久城だけになった。智実はうつむく。

〝出ていってほしいっていう……ことなんだろうな……〟

久城は、伸吾が座っていた椅子に座り、じっと智実を見た。地位の高い人物独特の自信から来るのか、彼はいつも、真っ直ぐに人を見る。まるで、視線に体温があるかと思われるほど、彼の視線は強い。

「桂木殿は、いつもうつむいておられるな」

久城が言った。

「私はあなたの顔をきちんと見たことがない気がする」

「そう……かもしれません」

智実は正直に言った。

「僕は……人と接することが苦手です。申し訳ありません」

「謝るくらいなら、顔を上げればよかろう」

久城はあっさりと言った。

「桂木殿、あなたの体調はもう戻っているとお見受けしたが、いかがか」

いきなり言われて、智実は固まった。

〝わかっている……〟

「あの……」

「どこか、行くところ、帰るところがあるのか？」

「……」

「もしかしたら、行くところがないのではないか？」

たたみかけられて、智実はうなだれた。どうして、この人にはわかってしまうのだろう。この澄んだ瞳を真っ直ぐに向けてくる人には。

「……はい」

智実はゆっくりと頷いた。

「……事情は申し上げられませんが……僕には、帰る場所がありません……」

〝言ったって……信じてもらえるはずがない……〟

久城は黙って、智実を見つめている。彼の瞳は黒曜石のように真っ黒で、強い光を放つ。その光に貫かれると、胸がざわついた。何もかもを話してしまいたいという衝動に駆られた。しかし。

〝タイムスリップして来たなんて言ったら……本当に追い出されそうだよね……〟

「……いいだろう」

久城が落ち着いた口調で言った。彼の年の頃はいくつくらいだろう。伯爵家の当主というのだから、それなりの年齢かとも思うのだが、見た目は智実よりも少し上、三十代の初めから半ばくらいだろうか。もしかしたら、外国の血が入っているのではないかと思われるほど彫りが深く、端麗な顔立ちだ。

「なぜだかわからないが、伸吾は君を気に入っているようだ」

「伸吾くんは……いい子です。頭もいいし……」

「そうだ、智実」

彼はさらりと智実の名を呼び捨てにした。生まれ落ちてからずっと上流社会で生きてきて、人を使うことに慣れている人間らしく、嫌味もなく、ごく自然だった。

「はい……」

だから、智実も抵抗なく返事をしてしまう。

「行くところがないなら、このままここにいるがいい。そうだな……伸吾の家庭教師ということにしよう」

「え……」

「伸吾の話では、君はかなり教養があるようだな。師範学校でも出ているのか？」

「えと、一応大学を……」

言いかけて、この時代の大学が特別なものであることに気づいた。平成の時代のように、誰もが大学に行ける時代ではないのだ。

「大学を出ているのか？」

久城が少し驚いた顔をしている。

「大学を出ているなら、立派な職に就いているのではないのか？」

「……」

黙っているしかない。うつむいてだんまりを決め込んでしまった智実に、久城は仕方ないという顔をした。

「まぁ、いいだろう。伸吾がなついているなら、怪しい人物でもないだろうし、よしんばそうだったとしても、うちの書生たちはなかなか腕の立つものばかりだから、うちで不埒(ふらち)な真似(まね)をすれば、ただではすまないだろうしな」

〝……怖い〟

久城はくっと微(かす)かに笑った。

「では、智実。もうベッドにしがみついている必要はないから、そろそろ床上げをするがいい。君の部屋は伸吾の隣に用意させよう」

「あの……久城……伯爵」

「家の者で、私に爵位をつけて呼ぶ者はいない」

久城が言った。

「智実が呼びやすいように呼べばいい。君は私の使用人ではなく、伸吾の家庭教師だ。私を主と呼ぶ必要はない」

「はい……久城……さん」

智実は少しためらってから言った。久城がなんだという顔をする。

「あの……自分で言うのもなんですが、僕は正体の知れない身です。久城さんにとって大切なお身内である伸吾くんをお預かりして……いいのでしょうか」

「私は伸吾の笑顔をあまり見たことがなかった」

すっと立ち上がりながら、久城は言った。

「あの子は、私にあまりなついていない」

「そんなことは……」

「あれは賢い子だ。私が庇護者だということは理解している。だから、逆らうことはないし、言うことも聞く。しかし、あれは私に笑顔を見せない。というより……私は、君が来て、初めてあれの笑顔を見た。微笑むことはあっても、笑うことはあまりなかった子だ」

「久城さん……」

「私はあれを笑わせることができなかった。君のように」

久城がドアを開けた。

「部屋の用意ができたら、書生をよこす。着替えも用意させるから、ここで待っていろ」

「はい……」

こうして、智実の大正時代における生活がスタートしたのである。

ACT 2

久城伯爵家の屋敷は広かった。天井は高くないが、まるで迷路のように通路が入り組んで、部屋が並んでいる。見た目は煉瓦造りの洋館だが、中には和室もあり、和洋折衷だ。智実は伸吾の部屋の隣にある和室を与えられた。広さは十畳くらいだろうか。広くはないが、平成の時代に暮らしていた時も、狭いワンルームマンションに住んでいた。食事や風呂が別なだけ、かえって広いくらいだ。

「智実先生」

幼い声が聞こえた。

「おやすみですか？」

子供らしくないほど、伸吾はきちんと敬語を使う。智実は文机に向かって、久城家の図書室から借り出した本を読んでいた。とにかく、理系の智実には、歴史的な知識がない。

〝正直、大正がいつからだったこともわかってないし〟

一応、日本史、世界史と名のつくものは高校時代にやったが、いずれも中途半端で、近世まで届かなかった。

〝ええっと……大正元年は……一九一二年七月三十日……と〟

「あ、ああ……寝ていないよ。どうぞ」

智実は慌てて本を閉じ、振り返った。障子がするすると開き、きちんと正座した伸吾が廊下に座っている。

「お邪魔してよろしいでしょうか」

「伸吾くん」

智実はふふっと笑った。

「ちっともお邪魔なんかじゃないよ。僕は君のためにここにいるんだからね」

「はい」

伸吾はにっこりすると、智実の部屋に入り、きちんと障子を閉めた。

「学校の宿題を見てください」

「あ、ああ、ごめんね。気がつかなくて」

「いいえ」

智実は人とあまり関わらない人生を送ってきた。学生時代はアルバイトどころか、友達もほとんどいなかった。だから、家庭教師の経験もないし、人と関わること自体が苦手だ。

「伯父様が、わからないことはなんでも先生にお聞きしなさいとおっしゃいました。あの……算数がよくわからないので、教えてください」

教科書もノートも紙の質がよくない。よくないというより、技術がなかったのだろう。消しゴムでごしごしこすると紙が切れてしまいそうだ。

「じゃあ、こっちへ」

智実は積み上げていた本を片付け、文机の上を空けた。

「はい」

座布団をぽんぽんと叩いて膨らませてやると、伸吾はその上に行儀よく座った。

「じゃあ、教科書を見せて」

「はい」

智実は素直な生徒に微笑みながら、教科書に目をやった。


食事は久城と伸吾、そして、智実の三人で摂(と)ることになっていた。

「僕は……久城さんに雇われている身ですが……」

最初、食堂で一緒に食事をするように、久城に言われた時、智実はそう言って固辞した。

しかし、久城は、

「君は使用人たちとは、少し立場が違う。伸吾に教える立場の君を、使用人として扱うことはできない」

と言い、食事を共にするよう指示したのだ。

「すまない。少し遅れた」

智実と伸吾が学校のことなど話しながら、食事をしていると、久城が食堂に入ってきた。すでに洋装から和服に着替えている。

「お帰りなさいませ、伯父様」

「……お帰りなさい」

久城から、食事はきちんと定時に始めるよう、智実は言われている。伸吾の生活習慣を崩さないようにという心遣いからだ。

「今日は洋食か」

「はい。ハンブルグステーキにございます」

給仕をしている宮本が言った。

「こちらの方が伸吾坊ちゃまもお召し上がりになりやすいだろうということで」

「そうだな。それに、ビフテキは脂が強すぎる。私もこちらの方が好みだ」

「とても……おいしいです」

智実はハンバーグをナイフで切りながら言った。伸吾もナイフとフォークの扱いは上手だ。洋食を食べ慣れているのだろう。

ハンバーグといっても、智実が知っているレトルトの味とはまったく違うものだった。一流の料理人がいい食材で丁寧に作ったものだ。おいしくないはずがない。

〝きっと、この時代では、限られた人だけが食べられるものだったんだろうな……〟

百年後に、これがパンに挟まれて、庶民食といえるファストフードになっているとは、誰も思わないだろう。

基本的に、久城はあまり積極的に話す方ではない。無口というわけではないのだが、子供である伸吾と使用人ともいえる智実相手では、話すこともあまりないせいだろう。話しかけられなければ、大人とは話さないというしつけを受けている伸吾は当然静かに食事をし、智実も静かに食べている。よって、食卓はとても静かだった。

「智実」

久城が話しかけてきた。

「はい、久城さん」

付け合わせのにんじんを飲み込んで、智実は答えた。

「伸吾はどうだ？」

久城の声はよく響く。低音で少し甘い響きがある。

「はい……とても、利発なお子さんです。学校の課題もよく出来ていますし、字もきれいです。少し体育……体操が苦手なようなので、お庭をお借りして、体力作りをしたいと思っています」

智実は、自分に意外な適応力があることに驚いていた。子供を教えたことなどないどころか、子供に接したこともろくになかったのに、伸吾が賢い子供のせいか、スムーズに家庭教師生活に入れた。

「智実が来てくれたおかげで、伸吾が明るくなった。学校の先生にも気難しい子供と言われていたんだが」

「そんなことはありません。伸吾くんはとてもいい子です。ちっとも気難しいところなんてありません」

「伸吾が気難しいと言われたのは、たぶん私のせいだろうと思う。伸吾は大人の間で育った子だから、少々理屈っぽいところがある。それが智実のおかげで、いい具合に賢い子供という感じになった」

「失礼ながら旦那（だんな）様、伸吾坊ちゃまはもともと賢いお子様でございます」

給仕をしながら、宮本が言った。

「宮本は伸吾びいきだからな」

久城が笑った。

「なぁ、伸吾。智実が来てくれてよかったな」

「はい、伯父様」

伸吾が元気よく答えた。

「僕、智実先生が大好きです！」


久城家の屋敷には、広い庭がある。家は洋館風だが、庭は伝統的な日本庭園だ。庭下駄を履いて下りると、石灯籠（いしどうろう）にぽぅっと明かりが灯（とも）っていた。

「夜って……本当に暗いんだ……」

平成の時代には、本当の闇（やみ）がなかった。どこにでも街灯があり、コンビニは終日営業し、スーパーもファミレスも日付が変わるまで営業している。

「夜が暗いのは当たり前だろう」

後ろで低く響く声がした。カタリと下駄の音がして、ふわっと微かな体温が感じられる。

「……久城さん……」

「智実が庭にいるのはめずらしいな。君はずっと部屋にこもっているだろう?」

「いえ、そんなことは……」

なんとなく、外に出ることが怖かった。家の窓から見える景色だけでも、違和感があるのだ。実際に街を歩いてみたら、あまりのギャップに自分が壊れてしまいそうだった。

〝でも……いつまでも、そんなことは言っていられないよね……〟

「ずっと部屋にばかりいると、足が弱ってしまうぞ。けがの方はもういいのだろう?」

もともと軽いけがだ。トラックにぶつかった記憶はまったくなかった。だが、あの状況からいって、ぶつかっていないはずはなかった。それなのに、けがはほとんど擦り傷だ。

〝僕に……何が起こったんだろう……〟

「……何もお聞きにならないんですね」

智実は池の端にそっと座り込んだ。月の映る池は水がきれいに澄んでいて、すいすいと大きな鯉が泳ぎ回っている。

「何を?」

両手を和服の袖に入れて、腕を組み、久城が言った。

「何を聞いてほしいんだ?」

「たとえば……僕がどこから来たか……とか」

久城がふっと笑った。

「聞いたら、答えるのか？」

「え……？」

「聞いたら答えるのかと言っている。君がどこから来たのか、本当に聞いてほしいなら、私が口に出さずとも、君は話しているだろう」

久城がゆっくりと言った。

「君は話したくないことがたくさんあるようだ。それを私は無理に聞き出そうとは思わない。君が話したくなった時に話せばいい」

「でも……」

「私は伸吾が大事だ」

ふっと、久城が口調を変えた。ゆったりとしたものから、はっきりと相手に刻みつけるような話し方へと。

「あれは、私の妹の忘れ形見だ」

「忘れ形見……」

「あれが望むことなら、なんでもかなえてやりたいと思っている。それがどんなことでもだ」

「久城さん……」

久城は端麗な横顔を見せている。月の淡い光の中でも、そのプロフィールは切り取ったようにはっきりと見え、美しい。

「確かに、君を家に入れることに反対な者もいる。今でも、君を追い出した方がいいと言っている者もいる」

「それは……そうでしょうね」

痛い言葉だが、それは事実だ。智実自身ですら、自分の存在が理解できていないのだ。他人から見れば、もっと不気味だろう。智実はそっとうつむいた。白地に絣模様が飛んでいる浴衣は、久城が若い頃に着たものだという。智実には背丈が少し大きい。しかし、白い浴衣は智実によく似合った。その絣模様を見つめて、智実は頷いた。

「それは……そうだと思います」

「しかし、私は君をここから追い出そうとは思わない」

久城がはっきりとした口調で言う。

「伸吾がそれを望むからだ。伸吾が望むなら、君がたとえ極悪人でも、ここにとどまることを私は許す」

「はい……」

存在を否定されることには慣れていた。智実の今までの人生を振り返れば、存在を肯定されていたのは三歳までだ。その後は、ずっとずっと否定され続けてきた。親兄弟ですら、智実の存在を憎んだ。医師という仕事を選んだのは、自分の中にある『あるもの』を活かすためでもあったが、それよりもむしろ、どこかで自分を肯定してほしいという心の表れだったのかもしれない。

〝でも……僕は医師としても、必要とされなかった……〟

「だが」

久城のきっちりとした口調が少しゆるんだように感じられた。彼は手を伸ばすと、蹲った智実の背中に落ちた松の葉をさっと払う。微かな手のぬくもりが浴衣越しに一瞬伝わった。

「君は極悪人には見えないがな。むしろ、善人すぎて、大変な思いをする類いの人間と見受けたが」

「僕は……」

智実は振り返った。

「善人なんかではありません。いつも……人の顔色をうかがっている卑屈な人間です」

「人の顔色をうかがうのは卑屈なことか？」

久城はくすりと笑う。

「それなら、私の周りの者はみな卑屈だな。うちの使用人たちはみな卑屈ということになる」

「そんな……」

「人の顔色をうかがうのは、相手を傷つけたくないからだろう。相手に嫌な思いをさせたくないからだ。悪いこととは思わない」

久城の言葉は明快だ。

「卑屈なのは、相手の顔色をうかがって、隙(すき)あらば自分の得にしようとする者だろう。おまえはそうなのか？」

さらりと『おまえ』と呼ばれたが、それは決して嫌な感覚のものではなかった。むしろ、彼に……王者の風格を見せつける彼に少し近づけたような……不思議な感覚だった。

「……そうかもしれません」

正直に答えると、久城は声を立てて笑った。

「素直だな、おまえは。素直な者に悪い奴はいない」

「旦那様」

家の中から声がかかった。執事の宮本である。

「冷えて参りました。お風邪を召してはいけません。お屋敷の中へ」

「智実」

久城がすっと手を差し出した。智実は少しためらってから、その手を取って、立ち上がる。

「今行く、宮本。書斎に熱い紅茶を運んでくれ」

「かしこまりました」

「智実、行くぞ」

智実が立ち上がっても、久城は手を離さなかった。智実の手を引いて、屋敷の中へ戻っていく。

「智実の手は小さいな」

久城が笑った。

「女の手のようだ」

「このように……いつも、女性の手を取っていらっしゃるのですか」

「女の手は取らん」

智実の問いに、久城はさらりと答える。

「私が手を取るのは、子供だけだ」

そして、彼は智実が屋敷の中に入ったのを確認して、そっと手を離した。意外なほどその手はあたたかかった。


久城家の朝は早い。

「おはようございます」

朝六時に智実が食堂に行くと、すでに使用人たちは食事の支度を調えている。

「おはようございます、桂木先生」

宮本が慇懃（いんぎん）に挨拶をする。宮本は智実を『桂木先生』と呼ぶ。いつの間にか、使用人たちみんながそう呼ぶようになっていた。

「伸吾坊ちゃまは？」

「昨夜、遅くまで起きていたようで、今日は少しぐずりました」

伸吾を起こし、支度をさせるのは、女中から智実の仕事になっていた。伸吾が女中に着替えを手伝ってもらうのを嫌がっていたからだ。

「着替えも一人でしたいと言って、追い出されてしまいました」

「坊ちゃまも、桂木先生にはわがままをおっしゃるようですね」

　宮本が苦笑している。

「女中の登美がお手伝いしていた時には、そんなことは一度もなかったのですが」

「おはよう」

　そこに久城が入ってきた。智実と宮本は揃って頭を下げる。

「おはようございます、旦那様」

「おはようございます」

「伸吾はどうした？　智実」

　椅子に座りながら、久城が言う。智実は少し困ったように答えた。

「眠かったようで、起こしたらぐずってしまいました。着替えも手伝わなくていいと、部屋から追い出されました。申し訳ありません」

「智実が謝ることはない」

　久城は愉快そうに笑っている。

「男がいつまでも着替えを手伝ってもらっているようでは情けない。伸吾もそれがわかってきたのだろう。独立心が育つのはいいことだ」

　宮本が朝食を運んできた。久城家の朝食はいつもパンである。夕食は和食の時もあるが、朝食はパンだ。この時代に、常に洋食の朝食を摂っているというのは、かなりな贅沢であるし、いわゆるハイカラである。パンははっきり言って、智実がいた時代のものの方がおいしいが、これはこれで味わいがあるかなぁと思いながら、毎朝食べている。

「……おはようございます」

まだ少し不機嫌な顔をしている伸吾が入ってきた。

「伸吾、遅いぞ」

すぐに久城の声が飛ぶ。

「はい……伯父様」

「その目を見たところ、夜更かしをしていたな？」

一目で看破されて、伸吾はしゅんとする。

「……昨日、赤い鳥の新しい号が届いていて……」

「男が言い訳するものではない」

一言で叱り飛ばし、久城は食事を始めた。

「雑誌は逃げぬ。学校から帰ってから、ゆっくり智実に読んでもらえばよかろう」

「はい……伯父様」

「久城さん、そのへんで。伸吾くんが起きているのを知っていて、本を取り上げなかった僕も……」

「いいえ、先生は早く寝るようにとおっしゃいました。言いつけを守れなかった僕が……」

「ああ、もう」

久城がうるさそうに手を振る。

「いいから、早く朝食を食べてしまえ。せっかくのあたたかい料理や飲み物が冷める」

「は、はい……」

智実と伸吾は顔を見合わせ、小さく笑った。その二人を見て、久城がこほんと軽く咳払いをする。

「まったく……まるで、本当の親子か兄弟のようだな、おまえたちは」

「え……」

智実は思わず顔を上げた。

「久城さん……」

「智実、私は今日は遅くなる。伸吾が夜更かししないよう、ちゃんと寝かしつけるように」

「伯父様、伸吾は寝かしつけられるような赤ちゃんではありませんっ」

「伸吾くん」

智実はそっと手を伸ばして、伸吾の肩を軽く叩いた。伸吾がはっとしたように口を閉じる。

「も、申し訳ありません、伯父様……」

「ははは……っ」

久城が愉快そうに笑った。伸吾はきょとんとしている。

「お、伯父様……？」

熱いミルクティーを吹き出しそうになりながら、久城は笑っている。

「智実、いい教育をしてくれているようだな」

「は、はい？」

久城は少し苦しそうに言った。笑いながら話しているからだ。

「私に怯えるだけだった伸吾が言い返すようになった。男らしくていいことだ」

褒められているのか、けなされているのか、わからない。反応に困っている間に、久城はさっさと食事を終えて、立ち上がった。

「宮本、出かけるぞ」

「はい、旦那様」

「あ、あの……っ」

智実も慌てて立ち上がった。

「……お見送りさせていただいてよろしいでしょうか……」

久城の澄んだ瞳がじっと智実を見る。彼の視線はいつも真っ直ぐで潔い。彼の瞳に見つめられると、なんとなく恥ずかしくなって、こちらが視線を外してしまいそうになるほどだ。

「智実に見送ってもらえるとは、今日はいいことがありそうだな」

からりと笑って、久城は宮本が差し出すジャケットを羽織った。

「え、い、いいことって……」

「今日は議会で、やり合わなければならないからな。少しでもげん担ぎをしたいところだ」

颯爽（さっそう）と玄関に向かう久城に付き従う形で、智実と宮本、智実に手を引かれた伸吾が歩いていく。

久城家の廊下は板張りで、スリッパで歩くようになっている。美しい寄せ木造りで、細部まで手をかけた造りになっている。天井は少し低めだが、窓が大きく切られているので、圧迫感はない。

「行ってらっしゃいませ、旦那様」

玄関で靴に履き替え、宮本が開けたドアから、久城は外に出た。すでに車が待っている。

「行ってくる」

軽く帽子を持ち上げて、久城はちらりと笑みを見せた。

「行ってらっしゃいませ」

「行ってらっしゃいませ、伯父様」

〝僕、思ったよりこの時代に馴染んでいるのかも……〟

ごく自然に頭を下げた自分に、智実は少しびっくりしていた。

〝いや……この人には、自然に人を従わせる……そんな雰囲気があるんだ〟

生まれ落ちての王者の風格のようなものが、久城にはあった。そして、それに従うことは、決して嫌なものではなかった。

〝なんだか……この人の傍にいると……安心する……〟

車が走り出す。ゆったりと後部座席に身体を沈める久城を見送って、智実はふっと息をついた。

ACT 3

「今日は暑いですね」

智実が久城家に来て一カ月。暦は五月になっていた。

「あ、桂木先生」

せっせと広い庭の草むしりをしていた使用人の小林が顔を上げた。

「少しお手伝いしましょうか」

「いや……いいんですか？」

小林は丸い顔にいっぱい汗を浮かべながら言った。智実はこくりと頷く。

「伸吾くんが帰ってくるまで、今日は特にすることもありませんし、身体を動かした方がよく寝られます」

「助かります。えーと、長靴がそこの小屋にありますので」

「はい」

長靴を履いて、智実は小林の近くに座り込んだ。広い庭はとてもきれいに見えたが、低い目線で見ると、細かい雑草が生えている。

「取ってはいけないもの、ありますか？」

「えーと……花のついている苔……ちょうど先生の足元にあります」

「あ、はい……」

智実の足元に、小さな白い花をつけた苔があった。

「きれい……」

「それは雑草の類いなんですが、旦那様がお好きなので、残してあります。それだけ、気をつけてください」

「わかりました」

智実は頷くと、せっせと草むしりを始めた。

〝こんなの……子供の時以来だな……〟

子供の頃、小学校の花壇の草むしりをした。それ以来のような気がする。小学校までを暮らした自宅はマンションだったし、祖父母の家にも、三歳の時以来連れて行ってもらっていない。雑草を見る機会は、意外となかったのだ。

「……今日は暑いですね……」

五月はこんなに暑かっただろうか。庭木の陰にいるので、直射日光は避けているが、やはり草いきれで暑い。

「……」

小林からの返事はない。しばらくせっせと草むしりを続けたあとで、智実は振り返った。

「喉が渇きませんか……」

言いかけて、小林の顔色が真っ赤になっているのに気づいた。

「小林さん……？」

目がうつろだ。手も動いていない。ぼんやりと座り込んでいる。

〝まさか……っ〟

何かを言う前に、智実の身体は動いていた。小林の身体を木陰に横たえ、衣服をゆるめる。汗があまり出ていない。息は荒く、体温が高い。智実はぱっと立ち上がった。母屋に駆け込み、宮本を探す。

「宮本さんっ！」

「桂木先生、どうなさいました」

応接間のドアが開き、宮本が顔を出す。

「氷はありますか？　あと冷たい水をたくさん」

「どうなさいました」

「小林さんが……熱中……」

熱中症と言いかけて、それは通じないと思った。

「えーと、日射病みたいです。今日は暑いので、体調を崩されようで」

「わかりました。登美！　登美はいるか！」

「はい、執事さん」

智実は台所に走り、とりあえず、手ぬぐいを水に浸して軽く絞り、庭に戻った。

「小林さんっ！　小林さんっ！」

意識がもうろうとしている小林の肩を軽く揺すりながら、顔を手ぬぐいで冷やす。シャツの胸も開けて、やはり濡らした手ぬぐいで脇の下を冷やす。

「桂木先生」

手桶に水と氷を入れ、ポットにも水を入れ、コップを持って、宮本が走ってきた。

「コップの水に、少し塩と砂糖を入れてください」

「は、はい」

「氷水にたくさん手ぬぐいを浸して、脇の下と首筋、足の付け根を冷やしてください。水が飲めるようになったら、塩と砂糖を入れた水を少しずつ飲ませて」

「わかりました」

使用人たちが寄ってきて、智実が言う通りに、小林に手当てをする。やがて、小林がぼんやりと目を開けた。

「ああ……気がついた」

女中の登美がほっとしたように言う。

「小林さん、大丈夫ですか？」

「あ、ああ……何か、急に気が遠くなって……」

「もう少し横になっていた方がいいです。額を冷やしてあげてください。その方が楽だと思います。小林さん、水分は摂れそうですか？」

てきぱきと言う智実に、小林は少しきょとんとしていたが、はいと頷いた。

「じゃあ、ゆっくりと少しずつ飲んでください。登美さん、さっき言ったように、少しぬるめの水に塩と砂糖を溶かしたものを作ってあげてください。落ち着いたら、風の通る部屋で休ませてあげてください」

最後にもう一度、智実は小林の様子を見た。そして、ふっと眉を寄せる。

〝まさか……〟

「桂木先生」

宮本がすっと近づいてきた。

「お医者さまをお呼びした方がよろしいでしょうか」

「あ、ええ……」

智実ははっと我に返って頷いた。

「大丈夫とは思いますが……持病があったりするといけないので、診(み)ていただいた方がいいと思います」

「わかりました」

頷いて、書生の一人を医師のもとに走らせてから、宮本は振り向いた。

「桂木先生、医学の覚えがおありだったのですね」

「え……え?」

「いえ、とてもてきぱきとなさっていて……まるで、旦那様の病院のお医者さまのようで」

「い、いえ、そんな……」

智実は慌てて首を横に振った。

「あ、そ、そろそろ落ち着いたみたいですね。小林さんを部屋の中に運ぶのをお手伝いします。どこにしましょうか」

「あ、はい。そうですね、和室の方がいいでしょう。お松(まつ)、布団を敷いてあげておくれ」

「はい、執事さん」

女中の一人が屋敷の中に駆け込み、ようやく意識のはっきりしてきた小林が助け起こされた。書生の一人が気を利かせて、綿の敷布を持ってきた。それを広げて、小林を寝かせ、男たちの手で持ち上げる。

〝……間違いない……〟

その敷布の端を持ちながら、智実はそっと頷く。

〝でも……どうしよう……〟


その夜の久城は、ずいぶん夜遅くなってから帰宅した。

「お帰りなさいませ、旦那様」

「お帰りなさい」

「今戻った。食事はいい」

鞄（かばん）を宮本に預けて、久城は帽子を取った。

「今日は暑かったから、先に風呂に入る。冷茶を用意しておいてくれ」

「かしこまりました」

「智実」

宮本とともに久城を出迎えた智実に、久城は言った。

「あとで、書斎の方に来い。宮本、智実の分もお茶を」

「はい、旦那様」

「いいな、智実」

「はい……」

ジャケットを取りながら、湯殿に向かう久城を見送って、智実は不安が押し寄せてくるのを感じる。

〝何を……言われるんだろう……〟

わざわざ書斎に呼びつけられるのは初めてだ。

今日、智実は使用人である小林の熱中症の手当てをした。それ自体が悪いことをしたわけではないが、少し出すぎた真似だったかもしれない。

〝僕の中にも……医者としての本能があったのか……〟

智実は、自分が医者として優秀だと思ったことは一度もない。むしろ、いつもずるをしているような気になっていた。それは、智実の中にある、智実自身ももてあましている『力』のためだった。

きっと、誰に言っても、信じてもらえないであろう『力』。しかし、それを久城に話さなければならない時が近づいてきたようだ。

夜になって、昼間の季節外れの暑さは和らいだようだ。薄墨のような雲が切れて、凜と輝く月が姿を見せた。

「あ……」

庭をさぁっと銀の光が走り、久城が愛しているという小さな花がふわふわと風に揺れているのが見えた。

「黙っているわけにはいかない……」

いつも、智実は言葉を飲み込んできた。言いたいことはたくさんあったが、それを言ってもせんないことと、言葉をいつも飲み込んできた。その結果、智実は誰からも理解されなくなった。誰も智実のことを信じず、非難の目を向けた。

〝だから、僕は……〟

医師として生きたくない。職場に行きたくない。

〝だから、僕は……この時代に来てしまったのかな……〟

雲がびっくりするくらい早く流れている。見え隠れする月を見上げながら、智実は思う。

月は変わらない。智実が生きていた時代も、今生きている時代も。

〝僕は……変わったのかな……〟

コンコンと軽くノックすると、中からはっきりとした声が返ってきた。

「お入り」

「失礼します」

久城の書斎は、窓とドア以外の二面が天井まである書架で埋まっていた。中には、洋書もかなり混じっていて、ぎっしりと本が詰め込まれている。

「読書家……なんですね」

書架を見上げながら言う智実に、久城は軽く頷いた。

「本を読むことは好きだ。ただ、なかなかその時間がとれないが」

今日の久城は洋装だった。ゆったりとしたシャツとスラックスという姿だ。この時代の人間としては飛び抜けて背が高く、背筋が伸びている久城には、洋装が似合う。

〝このプロポーションなら、平成の時代でもやってけそう……モデルとか〟

「今日、うちの小林が倒れたそうだな」

「は、はい……」

宮本が報告したのだろう。

「日射病だと思います。今日はずいぶん暑かったから……」

「智実」

久城がグラスを差し出してきた。切り子のグラスに、緑色も美しい冷茶が入っていた。

「あ、ありがとうございます……」

「智実は医者なのか？」

「は、はい？」

冷茶を吹き出しそうになる。甘みのあるおいしいお茶だったが、一気に味がわからなくなった。

「い、医者って……」

「宮本が言っていた。小林に対する処置の指示が、まるで医者だったと」

「いや、そんな……」

「あとでここによこしたうちの医者も言っていたぞ。処置がひどく適切で、何もすることがなかったとな」

くるりと書斎の椅子を回して、久城が振り向く。

「それとも、医科の学生か？」

「……小林さんは」

智実は低い声で言った。

「肺に病気があると思います。まだ、大したことはないので、早く処置すれば、治るのも早いと思います」

「智実……」

「それから、宮本さんは少し肝臓が悪い。投薬でいいと思いますが、一度きちんと診てもらった方がいい」

思い切ったように、智実は続けた。

「松さんは子宮に問題があります。たぶん、子宮内膜症でしょう。生理が重いと思うので、休ませてあげてください」

「おい、智実」

久城が遮った。

「やっぱり、おまえは医者なのか？　いや、医者にしたって、病院で診たわけでもないのに、どうして、使用人たちの病気がわかる」

智実はふうっと深くため息をついた。

〝……追い出されてしまうかもしれない……〟

しかし、知ってしまった以上、口に出さずにはいられない。智実が黙っていれば、使用人たちの病気はもっと深刻にならなければ、表沙汰(おもてざた)にならないだろう。職場単位での健康診断など、まだ義務化されていない時代だ。

「……久城さんのご指摘通り、僕は医者です。総合診療科というところで患者を診ていました」

「総合診療科……？　なんだ、それは」

「この時代にはないものです。百年後の……未来にはありますが」

「百年後？　おまえは何を言っている？」

智実は立っていられなくなって、久城に目で訴え、書斎にある椅子に座った。呼吸が苦しくなり、心臓が痛む。この『力』のことを口に出そうとすると、智実を襲う過呼吸の発作だ。智実にとって、この『力』は、幼い頃のトラウマを思い出させるものだったのだ。

「信じていただけなくても仕方ないと思っています。でも、これは事実です。僕は……百年先の未来にいた人間です」

「智実……っ」

「どうして、この時代に来てしまったかはわかりません。僕は……交通事故に遭いました。トラックにはねられたと思った瞬間……僕はこの時代に来ていました」

「智実っ！」

久城がバンッ！　と机を叩いた。ペン立てが倒れそうに揺れる。

「私をからかっているのかっ！」

「そうだったら……どんなにいいでしょうね」

智実は自嘲気味に笑った。

「毎朝、目を覚ますたびに思います。目を覚ましたら……そこが二〇一七年の世界だったらと。僕はいつものように自分の小さなマンションのベッドで起きて、病院に出勤していくのだったらと」

「おまえは何を……」

「長い夢を見ているようです。このお屋敷で目覚めた時から、長い長い夢を見ているようなんです」

智実は密やかな声で言う。

「……あの朝、僕は確かに二〇一七年の世界にいたんです。手のひらの大きさの携帯電話を持って、改札機に触れるだけで運賃の支払いのできるカードを持って、財布には一万円くらいしか入ってなくて、今日はお金を下ろさなきゃと思って。帰りには、銀行でお金を下ろすつもりで、カードを持っていた。そのカード一枚で、お金は下ろせるんです。僕の給料は四十万円くらいで……医者としては、どうなんだろう……いい方だとは思いません。僕は……査定がよくないから、同僚よりも給料は少なかったと思います」

「智実」

久城が首を緩やかに横に振っていた。

「智実、私は嘘を言うなと、おまえを怒鳴ればいいのか？　それとも、頭のおかしい奴として、この家から叩き出せばいいのか？」

智実は小さく笑った。

「冷静ですね、久城さん」

「冷静なわけじゃない。おまえの言っていることが理解できないだけだ」

久城は両手を机の上で軽く組んだ。

「全部話せ、智実。今日まで、おまえが隠してきたことを。それを信じるかどうかは、話をすべて聞いてからだ」

「……わかりました」

智実は少しうつむいて、ゆっくりと話を始めた。

智実は、西城総合病院の総合診療科に所属する医師だ。総合診療科とは、西城総合病院に紹介状なしで受診する患者が、まず最初に受診するところだ。

「次の患者さん、お願いします」

少し早口に、智実は言った。総合診療科の仕事は、トリアージというものだ。総合診療科を受診した患者は、ここでさまざまな問診や基礎検査を受けて、かかるべき専門科へと回されていく。

「はぁい」

ナースがおもしろくなさそうな返事をする。智実は愛想がよくない。顔立ちも悪くないし、まだ若いから、普通なら人気が出そうなのだが、智実は仕事以外の話を振られても、ほとんど返事をしない。何を話せばいいのかわからないからだ。患者とも余計なやりとりをしないので、智実の仕事は恐ろしく早い。

「何か、機械みたいよね」

こそこそと話すナースたちの声が聞こえてしまったことがある。

「笑い顔なんて見たこともないし、仕事以外の話だって聞いたことない。仕事の話だって、ほんと必要最小限。確かに腕はいいのかもしれないけど、不気味よ、不気味」

〝僕だって……こうなりたくてなったわけじゃない……〟

智実は人と接することがとても苦手だ。患者が相手なら、相手の言うことを聞けばいいからまだいいのだが、それ以外の相手となると、何を言えばいいのかわからない。仕方なく、ずっと黙っていることになる。尋ねられたことには答えられるが、話を広げることができないのだ。

「ほんと、腕というか、頭だけはいいのよねぇ」

ナースたちの評判はよく知っている。

「見立てを外したこと、一度もないもんね。桂木先生の診察って、びっくりするくらい早いんだけど、黙って座ればぴたりと当たるみたいな感じで、患者さんの訴えをとらえるのものすごく早いし、余計な検査を出すこともないし。あれで、愛想があればねぇ……」

次の患者が案内されてきた。椅子に座り、ぺこりと頭を下げる。

「よろしくお願いします」

「はい」

智実は素っ気なく頷き、診察に入った。

黙って座れば、ぴたりと当たる。

智実はふっと軽く息を吐いた。

「この患者さん、腹部エコーの予約……できるだけ早く取ってください。それと腹部……骨盤腔までのCTも早く。肝臓内科の外来予約。それだけお願いします」

「はい」

ナースに予約の指示を出すと、智実は消化器内科への紹介を書き始めた。

『……肝臓がんの疑い』

CTの結果も出ていないのに、この病名を出すのが早すぎるのはわかっている。今日の採血の結果は軽い肝障害の値だ。しかし、わかってしまっている以上、病名を書いてしまった方がいい。それを前提に検査を進めてもらえば、取りこぼしが少なくなるからだ。

そう、智実には『わかってしまう』のだ。患者がどんな病を患っているのか。智実はそれを『匂(にお)い』としてとらえる。患者が診察室に入ってきた瞬間に感じる『匂い』で、どの臓器をどれだけ冒されているのかがわかってしまう。智実にとって、その他の検査は確認作業に過ぎない。そして、その正確さはほぼ百パーセントだった。

〝この患者は肝臓にかなり大きな腫瘍(しゅよう)を持っているはずだ。転移巣じゃない。原発だ。検査値はこれから一気に変わってくる。今なら……ぎりぎり内科的な処置でなんとかできるはずだ〟

口にできないのはもどかしい。たまに『わかっている』んだ、と叫びたくなる。大きな病院は検査一つやってもらうにもひどく時間がかかる。疾患が見えているだけに、智実にはその時間がとてももったいなく感じてしまう。

「桂木先生、いつも早く早くって言うじゃない？　そんなのわかってるっての」

ナースたちの不平もわかるが、そう言わなければ、通常のルートに乗ってしまう。CTの予約一つで二週間待ちなんて、冗談じゃないと思う。

智実に、この奇妙な『力』が現れたのは、三歳の時だった。智実自身には記憶はないが、家族の話を聞くと、どうやらその頃から、智実の言動が変わってきたらしい。三歳の時、智実は小児ぜんそくの重積発作を起こして、仮死状態になった。その状態から蘇生した時から、智実の言動は奇妙なものになったという。

「人の顔を見て、おじちゃん、お腹の中に黒い塊があるよって、この子に言われてさぁ。なんとなく気味が悪くて、医者に行ったら、大腸がんだったよ。まだ初期だから、カメラで取れたみたいなんだけどさ」

そんなことが何度か続き、両親は智実にあまりそういったことを言わないように言い諭した。しかし、幼い子供にそんなことがわかるはずもない。ある日、智実は祖父に久しぶりに会った時に言ってしまった。

「おじいちゃん、ここにね、黒い塊があるの。それなぁに？」

智実の小さな指が示したのは、肝臓だった。

「智実ちゃんのご託宣は当たるよ、父さん。医者に行った方がいいんじゃないの？」

智実の叔父が言った。彼もまた、智実に疾患を言い当てられた一人だったのだ。

「子供の言うことをいちいち真に受けていられるか」

祖父はからりと笑い、話はそれきりになったのだが、半年後、彼が肝臓がんで亡くなってしまい、智実の予言めいたものは当たることになってしまった。

「智実ちゃんの言う通りにしなかったから……」

「……この子、お父さんが肝臓がんで死ぬのを知ってたってこと？」

「やだ……何か、気味悪くない……？」

祖父の葬式の間中、親戚たちはざわつき続けた。両親は立場がないように小さくなっていて、智実を祖父の葬儀には列席させなかった。

それからだ。両親や親戚の間で、智実への見方が変わってきたのだ。それまでは、子供の無邪気な冗談が当たったくらいのものですんでいたのだが、祖父の死を言い当ててしまったことから、

「何か……気味の悪い子だねぇ」

「この子の言う通りにしなかったから、おじいさま亡くなったって……」

と、不吉な子供として、不気味がられるようになり、両親も智実をもてあますようになった。親戚の集まりには、一切智実を連れて行かないようになり、また、両親自身も、あまり智実に近づかなくなった。智実は一人っ子だったが、両親はまるで子供がいないかのような素振りを見せ、智実はいつもぽつんと家にいる子供になった。

〝僕はしゃべってはいけないんだ……〟

智実は子供だった。何をしゃべっていけないかがわからない。だから、自然と口数の少ない子供になった。必要のある最小限のことだけを話し、それ以外は口を開かない。少し大人になってからは、話してはいけないことが何かがわかってきたが、その頃には話をしないことが智実のデフォルトになっており、極端に口数の少ない人間となってしまっていた。


「……にわかには信じがたい話だな」

久城が落ち着いた口調で言った。

「匂いで、人の病気がわかる……か」

「匂いというか……その人が身体から発するものです。どんな匂いかと聞かれると困ってしまいます。その人が身体から発するものをたぐっていくと、疾患のある場所がわかって、そこに何があるのかがわかる……そんな感じでしょうか。その大きさや深さもだいたいわかります」

こんなに正直に、自分の持つ『力』について話したことはなかった。久城は信じがたいと言いつつも、智実の言葉を否定はしなかった。

「僕が医師という道を選んだのは、この『力』を少しでも人の役に立てたかったからです。僕の力は……きっと何か意味があって、僕に授けられたものだと思うんです。だから……それを活かすとしたら、医者になるしかありません。でも、医者になっても……うまくはいかなかった」

「桂木先生」

診療時間内にもかかわらず、院長室に呼び出された智実は、何がなんだかわからないまま、院長の前に立っていた。

「この患者さんのこと、覚えていらっしゃいますか」

くるりとディスプレイが回され、電子カルテが表示されていた。その名前を確認して、智実は少し考える。

「……ああ、思い出しました。胃がんの疑いで、僕が消化器へ回した方です」

「なぜ、桂木先生は胃がんと思われたのですか？」

「え……」

「桂木先生は総合診療科の先生です。診断を下すのは、専門科の仕事ではないのですか？」

「え……いえ、僕は確定診断をしたわけでは……」

「あなたが胃がんと断じていたと、専門科の医師は言っていますが」

「そんな……っ」

智実はだんだんと思い出してきていた。

〝そうだ……この人、胃に小さいけれどがんがあった。だから、僕は内視鏡検査でグループVが出たのを確認して、消化器に回した……〟

「た、確かに内視鏡でグループVが出ていましたから……」

「しかし、消化器での再検ではVは出ませんでした。それは？」

「え……っ」

智実の仕事は患者を専門科に渡すまでだ。時々、その後がどうなったかを確認することもあったが、この患者については、智実の『力』で見た所見と内視鏡の結果が一致していた。だから、特にその後を確認しなかったのだが。

「そんな馬鹿な……っ」

「桂木先生、どうして、総合診療科でエコーを指示されなかったんですか？」

「は、はい……？」

話が飛んだ。智実は何を言われているかわからずに、きょとんとしてしまう。

「どうしてと言われましても……患者さんは胃の不調でいらしたのでしたし、まずは内視鏡検査を……」

「エコーをなぜしなかったかと聞いているんです」

「エコーと内視鏡を同じ時間で取れる検査日が一週間先だったので、まず内視鏡を優先して……」

わけもわからず、智実は質問だけに答える。

「なぜ、胃がんだと君は断じてしまったんだ？　君は総合診療科の医者だ。そこまでの権利はないはずだ」

院長の言葉が厳しいものになってきた。ようやく智実は、自分が責められていることに気づいた。

〝でも、どうして……〟

「……その患者は、別の病院で胃がんと診断され、肝臓への転移も確認されたそうだ」

「別の……病院……」

智実ははっとする。

「別の病院って、僕は消化器に紹介する時、入院を前提にと添え書きをしたはずですが」

「入院はさせなかった」

「それはそうだろう。二度目の内視鏡では、潰瘍(かいよう)はあるものの、グループVは出なかったわけだし、入院させることもないだろう」

院長は当たり前といった口調で言う。

「その時、エコーは」

「する必要はない。内視鏡で何も出なかったんだから……」

「すみません。ちょっと、待ってください」

智実は完全に混乱していた。

「それで……どうして、僕が……」

「桂木先生は、いつも病名をつけて、入院指示までされて、専門科に回される。その根拠が揺らげば、入院の必要はなくなるはずでしょう？」

〝もしかして……見逃しが僕のせいだと言うのか……？〟

「桂木先生のやり方に、みんな慣れてしまっている。ほぼ確定診断をつけてくる桂木先生のやり方に。それが外れたとなると……」

「待ってください……っ」

「患者は、誤診でうちを訴えると言っている。もちろん、最初に彼を診察した桂木先生も被告になる。うちとしては、患者を一番よく診ている桂木先生に裁判に出廷していただくつもりです。それと」

院長がすっと視線をそらす。

「……今日から、裁判の行く末がはっきりするまで、診療の方は休んでいただきます。場合によっては……病院自体を退職していただくことに」


「解せんな」

久城は軽く片眉を上げる。

「智実は少しも悪くないではないか。むしろ、智実は正しい診断を下していた。それを生かし切れなかったのは、その専門科ではないか。エコーとかいう検査を智実にしろと言うなら、自分たちがやればいい。見落としをしたのは、智実ではない」

「でも……」

智実はうつむいた。

「僕には……どこかでずるをしているという気がして仕方がなかった。どんな検査も、僕には必要ない。僕には……見えてしまうんだから」

「智実」

久城が言った。

「教えてくれないか？　おまえが本当に……百年後の未来から来たというなら、百年後の医療はどうなっている」

「え……」

「私の母は、肺結核で亡くなった。この病気は、百年後の未来では不治の病ではなくなるのか？」

「肺結核……」

智実は久城を見た。久城は真剣な顔をしていた。

「信じて……くれるんですか？」

「信じてほしいのだろう？」

久城は落ち着いている。

「おまえは口数の多い方ではない。そのおまえがそれだけ必死に話している。言葉は拙いが、おまえは必死に話している。私に信じてほしいのだろう」

「……はい」

智実は頷いた。

「僕は……あなたに信じてほしいと思っています。今まで……僕は誰にも信じてもらえずにきたから……」

この潔い瞳をした人なら、信じてくれるかもしれない。少なくとも、話を聞いてくれる。彼は自分の話に耳を傾けてくれる人だ。

「信じるしかあるまい」

久城は苦笑していた。

「小林が肺を悪くしているのは、つい最近気づいた。妙な咳をするようになったので、明日にでもうちの病院にかからせるつもりだった。お松のこともなんとなくだがわかっていた。女中頭の律が気づいていたらしい。しかし、宮本は意外だったな。早いうちにうちの病院で診てもらうことにしよう」

「だから、信じるしかあるまいて。おまえはうちの使用人たちの病気を言い当てている。これを当てずっぽうと思うほど、頭は固くないつもりだぞ」

「本当に信じて……」

久城が鈴を鳴らすと、宮本が入ってきた。

「ご用でしょうか、旦那様」

「少し涼しくなってきた。熱い紅茶を、私と智実の分だけ持ってきてくれ」

「はい、かしこまりました」

宮本にお茶のおかわりを言いつけると、久城は智実に向かい合った。

「長い夜になりそうだな、智実」

ACT 4

六月の朝、朝食を共にしながら、ふと気づいたように久城が言った。

「智実、おまえ、伸吾が学校に行っている間は暇だろう？」

「は、はい。今は庭仕事や家の掃除をお手伝いしていますけど」

「それなら、うちの病院を手伝ってはくれないか？」

「は、はい？」

目玉焼きを食べていた智実は、きょとんとして久城を見た。伸吾も目を見開いている。

「伯父様？」

「智実には医学の心得があると聞いた。それなら、病院で手伝ってもらった方がいい。伸吾が学校に行っている間だから、伸吾に文句はなかろう」

「智実先生はお医者さまなのですか？」

伸吾があたためた牛乳を飲みながら言った。

「僕は、智実先生は学校の先生だと思っていました。教えるのが……とても上手でいらっしゃるので。学校でよくわからなかったことも、智実先生に教えていただくとよくわかります」

「智実は何をやらせても、優秀なのだな」

久城がからりと笑った。

「百年後の未来では、智実を失って初めて、大切なものを失ったことに気づくだろう」

「百年後の未来……？」

目をぱちぱちとさせて首を傾げる伸吾に、久城はなんでもないと笑った。

「今日は病院の方に行くから、院長に話しておこう。智実はあくまで医者ではない。そう……患者を選別というか……最初に診てもらうところにいてもらうことにしよう。診療行為を行うわけではないのだから、問題はないだろう。患者自身にも、どこで診てもらえばいいのかわからないという患者が結構いる。その手助けをしてやってくれ」

「は、はい……っ」

〝この人は……僕を信じてくれた……〟

一晩かけて、智実は久城に問われるままに、百年後の未来を話した。自分の『力』について話した。久城は笑うことも、否定することもなく、ただじっと話を聞いてくれた。優れた人物は聞き上手だというが、彼はまさにそうだった。智実が話すことを一切遮らず、ただじっと聞いてくれた。

「じゃあ、院長と話して、詳しい段取りをつけてくる。いいな、智実」

「はい……っ」

「あ……智実先生、笑った」

伸吾が嬉しそうに言う。

「智実先生、すごい！　お医者さんになるんだ！」


久城の経営する病院は、立派な三階建ての建物だった。白い石造りで、中も天井が高く、病院ぽい消毒薬の匂いはするが、清潔で、ヨーロッパ風の美しい建物だった。

「おしゃれ……ですね」

思わず言った智実に、久城はじろりと視線をやる。

「ここは病院だぞ」

「……すみません。僕の目から見ると、レトロで、まるで美術館のように見えるんです」

久城は院長に引きあわせてくれた。ドイツ帰りだというインテリジェンス溢れる院長は浦辺（うらべ）という外科医だった。

「患者の選別……ですか。いや、ヨーロッパでは予診という考え方もあるようですが、日本ではまだそこまで。それをやっていただけるなら、確かに助かります」

「智実……桂木先生は、うちの甥の家庭教師をしていただいている方で、信頼のおける方です。医学の方も勉強なさっていて、そちらの方でも信頼は置けます。うちの使用人たちの健康も気遣ってくださっていて、この前は小林が……」

「ああ」

浦辺がぽんと手のひらを叩いた。

「あの応急手当てをしてくださった方ですか。いやぁ、玄人はだしだって、うちの内科医が言っていましたよ。わかりました。理事長がそこまで信頼していらっしゃる方なら、問題ないでしょう」

「患者の話を聞く係とでも考えてください。医療行為を行うとなると、医師免許が必要になりますので」

「了解しました。では、桂木さん、予診室を準備しました。こちらへどうぞ」

智実に用意された予診室は、白い小さな部屋だった。智実からするととんでもなくレトロな格好のナースが一人ついてくれ、患者を案内し、智実が指示した科へ案内してくれる。

「桂木先生、患者さんです」

正確には、この時代では医者ではないのだから『先生』と呼んでほしくはなかったのだが、智実は伸吾の『先生』であるし、やはり病院では『先生』と呼ぶ方がわかりやすいと言われて、その呼び方になっている。

「お願いします」

入ってきたのは、顔色の冴えない男性だった。智実は全身の感覚で、患者を観察する。智実は『匂い』と表現しているが、実際には、人間が放つすべてのエネルギーのようなものを感じ取るのだ。だから、時には、死期すらわかってしまうことがある。

「……食欲がありませんか？」

智実はまず尋ねた。患者がびっくりしたような顔をしている。

「はい……なんだか、怠くて。俺は風邪だと思うんですけど……」

「咳や発熱はないですね？」

「は、はい……」

「胸の音を聴いてもいいですか？」

使い慣れたステートとは違う、まさに聴診器というのがふさわしい物を耳につけ、患者の胸の音を聴く。これは智実にとっての確認動作だ。

〝心雑音、肺雑音なし……〟

そして、患者の肌の色と目を確認する。

〝確定。肝障害〟

「お酒をよく飲まれます……か？」

いつもなら、「よく飲まれますね」と言ってしまうところを、少しだけ語尾を変えてみる。

「は、はい……女房にはやめろと言われるんですが、こればっかりは……」

智実は看護婦に振り向いた。大きな帽子に、ロングスカートのワンピース。

〝うん、このスタイルはナースってより、看護婦さんだ〟

「肝臓の検査をしていただくように、内科の先生にお願いしてください。アルコール性肝障害の疑いです」

「はい、そのように。こちらへどうぞ」

「あ、あの……」

患者はきょとんとしている。智実は慣れないカルテの記載をしながら言った。

「僕は、患者さんのお話を聞いて、専門の先生に診ていただけるようにするのが仕事です。

あなたは肝臓の病気の可能性があります。これから、専門の先生に診ていただきます」

「は、はい……」

「こちらへ」

肝障害の患者と入れ違いに、次の患者が案内されてくる。また、智実は感覚を研ぎ澄ます。ここでは自分の力を隠す必要がない。一人でも多くの患者を診て、専門科に回さなければ。この時代では、便利な分析器などはまだ存在していない。血液検査一つにも、時間がかかる。それを考えると、どんどん診断を下して、どんどん専門科に回さなければ。

「……どうされましたか？」

平成の時代にはあまり口にしていなかった言葉を口にしてみる。

この時代の人たちは、平成の時代の人たちよりも、必死に病院に助けを求めてくる。もちろん、病気の重さに違いはないが、逆に病院に行く必要もないのに受診してくる者はほとんどいない。みな、決心して、助けを求めてくるのだ。その必死さに、智実はうたれる。

そして、思うのだ。一人でも多くの患者を助けたい。そして、未来へと命を繋ぎたいと。

それは、智実が医者になって、初めて感じる想いだった。

智実はコンコンとドアをノックした。

「入れ」

少し苛立った久城の声。智実は手にしたトレイを落とさないように気をつけながら、そっとドアを開けた。

「ああ……智実か」

久城が眼鏡を外しながら、振り返った。

「どうした？」

「ご所望の熱い紅茶です」

「宮本に押しつけられたか？」

久城が少し笑った。

「不機嫌な私に八つ当たりされるからな」

「そんな……」

智実はトレイを置いた。

「僕が頼んで、代わっていただいたんです。冷めないうちにどうぞ」

ティーテーブルに紅茶のカップを並べ、ティーコゼーをかけたポットを置く。

「勉強してらしたんですか？」

書斎の机の上には、洋書がたくさん広げられ、ノートが乱雑に置かれている。ノートには、ぎっしりとメモが取られていた。英語やドイツ語、フランス語が並んでいる。久城は語学にも堪能（たんのう）であるらしい。

「本当なら、もう一度留学もしたいんだが」

「留学してらしたんですか？」

「ああ。フランス、ドイツ、イギリス……全部で二年ほどだ。アメリカにも行ってみたかったが、父が亡くなったのでな」

紅茶を飲みながら、久城は言った。

「日本の議会はだめだ。選挙をしなくても議員になれる華族たちがまだまだ牛耳っている。頭が固くて、風穴を開けることが難しい。確かに、革新的な衆議院に対して、保守的な立場を持つことも大切であることはわかっている。しかし、それも限度問題だ。あまりに保守的であっては……日本はいつまでも、欧米諸国に追いつくことはできない」

「はい……」

「欧米諸国が正しいとは思わない。正しいところもあるが、間違っているところもある。そのすべてを勉強しなければ、正しいところを見習うこともできない。そして、そのすべてを勉強しなければ、同じステージに立つこともできない」

久城は聡明な瞳を輝かせる。

「まぁ……こんなことばかりを言っているから、議会では毎日ほとんど喧嘩だ。これでも、武道はたしなんでいるから、肉体的な意味での喧嘩を売ってくる者はいないが」

智実はびっくりして目を見開く。

「何か……国会って、居眠りしてるイメージなんですけど……」

「おまえの時代の国会は、ずいぶんとのんびりしているんだな」

久城が呆れたように言う。

「戦争はなかったのか？　世界大戦のような……」

「えーと……この大正時代の後の昭和になってから、もう一度大きな戦争が起こります。だから、久城さんのおっしゃる世界大戦は第一次世界大戦、昭和の大戦が第二次世界大戦と呼ばれています」

「あんなに大きな戦争がまた起こるのか……」

久城が深いため息をついた。智実はこくりと頷いた。

「とてもとても大きな戦争で、日本は大きな痛手を受けます……」

「しかし、智実が百年後の未来から来たというなら、日本は滅びるわけではないのだな」

「……はい」

第二次世界大戦の悲惨な末路を語ろうとして、智実は口をつぐむ。未来に希望を繋いでいるこの人に、絶望感を与える必要はない。

〝まぁ……簡単に絶望しなさそうだけど〟

「で、智実。病院の方はどうだ？」

智実が久城病院に勤め始めて、一カ月ほどが過ぎていた。智実は伸吾とともに家を出て、伸吾を小学校に送り、そのまま出勤する。そして、午前中を病院で過ごし、午後は伸吾の勉強を見るといった生活だ。

「僕……役に立っているんでしょうか」

智実は医師として上手くいかなかった経験を持っている。身に備わっている『力』も、邪魔になるだけだった。

「院長は喜んでいるぞ。桂木先生は本当に医者ではないのかとな。患者のさばき方も堂に入っているし、何より……」

くすりといたずらっぽく笑う。

「白衣が似合う」

「な、なんですか、それ……」

「看護婦たちの噂（うわさ）だそうだ。桂木先生はとても白衣が似合う。着慣れているとな」

「はぁ……」

確かに白衣は着慣れている。学生の時から着ているから、十年以上だ。しかし、自分が似合っていると思ったことは一度もないのだが。

「智実は清潔感があるからな。医者だと聞いて、私はすぐ納得したぞ」

「清潔感……ですか」

そんなことを言われたことは一度もない。智実が小耳に挟んでしまう自分への評価は、暗いとか不気味とかおもしろみがない……そんなものばかりだ。

「……そんなものあるでしょうか……」

「智実は自分に自信がないのだな」

久城がさらりと言った。

「もっと自分に自信を持て。自信過剰だと言われる私ほどになれとは言わないが、智実は自分に自信がなさすぎる」

「だって……自信を持つようなファクター……自信を持つようなものが、僕にはありません」

「あるだろう？」

久城は手を伸ばし、軽く智実の手の甲を叩いた。

「智実は、私に信じてもらえるかどうか……もしかしたら、大嘘つきとして追い出されることを覚悟してまで、うちの使用人たちの命を守ろうとしてくれた。おまえは黙っていることもできた。自分が百年の時間を超えてきたことも、人の病を嗅ぎ当ててしまうことも、私に黙って、このまま屋敷に居続けることもできたのに、おまえはそうしなかった。それはおまえが……」

まるで子供にするように、髪を撫でられた。

「優しいからだ」

「優し……い……？」

「そうだ」

紅茶のカップを片手に、久城は立ち上がる。

「もう少し、本を読みたい」

「あ、す、すみません……っ」

智実も自分のカップを持って立ち上がる。

「お勉強のお邪魔をしてしまって……」

「いや」

久城がふっと笑う。

「宮本の作戦にはまってしまったようだ」

「は、はい……？」

そっと書斎を出ていきかけた智実は振り返る。

「宮本さんの作戦？」

「議会で喧嘩をして、いらいらして帰ってきた私をこれ以上怒らせないために、おまえを送り込んだことだ」

「だ、だから、僕が頼んで代わってもらったんです」

そう言う智実に、久城はさっと手を振る。

「どちらでも構わん。おまえを見ていると、怒るのがばかばかしくなる」

まったく久城にかかると、褒められているのか、けなされているのかわからない。それでも、彼がほんの少しでも微笑んでくれるのが嬉しかった。自分にもできることがあるのだと……この孤独に闘い続ける人を微笑ませることができるのだと思えることが、嬉しかった。

ACT 5

蟬が鳴き、ひまわりが大きく茎を伸ばし始めた。空は高く晴れ、東京の真ん中であるこでも、濃い青に澄んだ空が見えた。

「早く夏休みにならないかな」

智実と手を繫いでいる伸吾が高い空を見上げる。

「夏休みは朝顔の観察をするんだよ」

伸吾が言った。ようやく、伸吾の言葉使いが子供らしいものになってきた。伯父である久城には相変わらずだが、智実や使用人たちに対しては、決して無礼ではない、可愛らしい子供っぽい言葉使いになった。

「智実先生と庭に蒔いたひまわり、もうじき咲くよね」

久城家の庭は広い。見事な日本庭園だが、その片隅に、智実は少しだけ花壇を作ってもらった。伸吾のために、草花を育てさせてみたかったのだ。

〝僕が育てたかったのもあるけど〟

三歳の時に、祖父の死を予言した形になってしまってから、智実の両親は智実にあまり構わなくなった。もちろん、虐待されたこともなかったし、必要最低限と思われる生活の世話はしてくれたが、どこかに遊びに行ったり、家で遊んだりということはなかった。智実が自分に奇妙な『力』があると自覚したのは、七歳の頃だ。それまでは、通りがかった人の病気を言い当てたり、近所の人の病気を当てたりしていた。それが普通ではないことで、両親がその『力』を不気味なものと感じていることにようやく気づいたのが、七歳の頃だ。その頃から、智実は無口になった。自分の言ったことで、両親が嫌な思いをし、幼い智実を叱(しか)り、睨(にら)みつける。

子供の夏休みといえば、ラジオ体操と自由研究だが、どちらも智実は記憶がない。智実には小学校時代の記憶自体がほとんどない。嫌な記憶に蓋(ふた)をしてしまったのだろう。かろうじて、中学時代以降の記憶はあるが、今では、両親の顔さえおぼろになっている。中学入学以来、ほとんど親族とは会っていないためだ。

子供らしい夏休みを過ごしてみたい。もしかしたら、伸吾にかこつけて、自分の方が夏休みを楽しもうとしているのかもしれないと、智実は思う。

〝ラジオ体操は今の時代にはないかな。自由研究もないだろうけど……でも、海水浴とか虫取りはあるよね〟

「朝顔はそろそろ支柱を立ててあげないとね。あんどん仕立てにしようね」

「あんどん仕立て?」

「うちに帰ったら、絵を描いて教えてあげるよ。ほら、お友達が手を振っているよ」

「伸吾くーんっ!」

　子供の高い声が響く。伸吾の顔がぱっと輝いた。

「智実先生、行ってきます」

「はい、行っておいで」

『行ってらっしゃい』、そんなふうに見送られたことがあっただろうか。朝起きると朝ご飯はすでに用意されていて、母は智実に背中を向けていた。その背中が母の記憶だ。智実には、両親の笑顔の記憶がない。

〝でも……それはこの子も同じ〟

　伸吾には両親がいない。なぜいないのかは、なんとなく聞きそびれていて、わからないが、彼が親の愛を知らないことには変わりがない。しかし、伸吾はこんなふうに屈託なく笑う。それが智実は羨(うらや)ましく、また嬉(うれ)しい。

〝この子は……僕に笑ってくれる〟

　智実は伸吾を見送る。手を振って、屈託のない全開の笑顔で走っていく伸吾を見つめていると、胸の中にあたたかいものが溢(あふ)れてくる。

〝僕は……この時代に来てよかったのかな……〟

笑い方も忘れていたのに。どうやれば笑えるのか、わからなかったのに。今は微笑(ほほえ)むことができる。笑うことができる。

「よかった……んだよね」

帰る方法は見つからない。見つけようとも思わない。智実はこの時代を愛し始めていた。便利ではないかもしれないが、あたたかく、人と人の繋がりが密で、前に進もうとする力が時代を引っ張っているこの時を。

「さてと……病院に行かなきゃ」

行きたくない、生きたくないと思っていた百年後の未来の出勤とは、真逆の気分で、智実は弾む足を踏み出していた。


その車が乱暴な運転で、病院の前に滑り込んできたのは、智実がそろそろ帰ろうかと支度を始めていた昼下がりだった。陽炎(かげろう)が立つほど暑い真昼の空気を、車のブレーキ音が引き裂く。

「お医者さまをっ！」

「え？」

その声を聞いて、智実は脱ぎかけていた白衣を羽織り直した。

〝運転手の達川さん……？〟

それは聞き慣れた久城家の運転手の声だった。智実は反射的に玄関に飛び出す。

「達川さんっ」

うろたえた様子で、運転席から飛び出してきたのは、やはり達川だった。

「か、桂木先生っ」

へたへたと座り込む。智実は達川に駆け寄った。

「どうしたんですか」

「だ、旦那様がっ、旦那様が……っ」

「……うろたえるな」

車の後部座席から掠れた声が聞こえた。智実はぱっと振り返る。車のドアが開いた。

「智実か」

「は、はいっ」

「すまないが、車から降ろしてもらえないか。下手に動くと、出血が多くなりそうなんでな」

「え……っ」

妙に声は落ち着いているので、一瞬、戸惑ってしまったが、久城の声はいつもの艶を失っていた。智実はぱっと後部座席に回る。

「え……っ」

車内を覗き込んで、智実は声を失った。

「く、久城さん……っ」

後部座席のシートは血の海だった。その中に、久城がぐったりと座っていた。いつも、きちんと背筋を伸ばしている久城がシートに身体を預けて、肩で息をしている。

「いったい……っ」

言いかけたが、すぐに智実は後ろを振り返った。

「外科の先生を呼んでくださいっ！　それと……担架をっ」

「議事堂の前で……男に……男に刺されて……」

久城のけがは深刻なものだった。深く腹を刺されており、出血も大量で、病院まで意識を失わずにたどり着いたのが、信じられないほどだった。

「天誅とかなんとか叫んでいて……衛視の方が取り押さえてくださったのですが、もう、旦那様はお腹を刺されていて……」

「よく……病院まで来てくださいました」

智実は達川運転手の労をねぎらう。本来であれば、智実も手術室に入りたいところだったが、ここでの智実は医師ではない。ただ座って、ここで待っているしかないのだ。

〝この時代の医学で……あの人を助けることはできるのだろうか……〟

「久城……久城は……っ！」

はっと顔を上げると、すらりとした長身の洋装の男性が立っていた。久城もこの時代にしては長身だが、この男性も背が高い。どちらも、小柄な智実よりも背が高い。

「あなたは……」

「あ、ああ……失敬。あなたは桂木智実さんかな？」

その人は優しげな顔立ちをしていた。まるで彫刻のように整った久城ほどの凄みはなく、まろやかな、いかにも育ちが良さそうな人だ。

「はい……桂木ですが」

「私は友井佑一郎と申します。久城とは一高、帝大と机を並べた仲です」

「桂木先生、この方は友井伯爵家の御嫡男、佑一郎さまでです。旦那様とはご親友でいらっしゃいます」

達川が横から言い添えてくれた。

「し、失礼いたしました。僕は桂木智実です。伸吾くんの家庭教師として、久城家に……お仕えしています」

〝これで、言葉遣いいいのかな……〟

この時代の言葉にもだいぶ慣れてきたが、まだ自分が使うには抵抗が少しある。時代劇じみていて、恥ずかしいのだ。

「久城から、お噂(うわさ)はうかがっています。久城は、あなたが大変に気に入っているようだ。掌中の玉である伸吾くんを任せているんだから」

友井は目で断ってから、智実の隣に座った。

「父が……久城と同じ貴族院の議員でね。議事堂前で騒ぎが起きたのを見ていて、近くにいた衛視に何があったのかを聞いたんだそうだ。そうしたら、久城が暴漢に刺されたと……」

「友井さま、なぜ、久城さんは刺されたりしたんですか」

「おや……」

友井が優しい目元を少しほころばせた。

「君は、自分の主人をさんづけで呼ぶの？」

「あ、いえ……あの……」

久城は、智実に『旦那様』とは呼ばせない。智実が自分の使用人ではないということからだ。

「友井さま、旦那様は桂木先生にそう呼ぶように申しつけておいでなのです。桂木先生は、旦那様に仕えているわけではなく、伸吾坊ちゃまの先生ということで……」

達川が言った。友井が頷（うなず）く。

「ああ、そうなの」

「久城さんには……とても、よくしていただいています」

智実はぽつりと言った。

「友井さま、どうして、久城さんは……」

「ああ……久城は改革派……急進派だからね。もともと、貴族院は保守的な人が多いし、それを支持している人も多いから、久城のように物事をはっきり言う者は狙（ねら）われやすい。金で人を雇って、襲わせるんだ。それでなくても、私たち華族に反感を持つ人たちはいるからね」

「でも……っ」

智実はきゅっと両手を膝の上で握りしめた。

「久城さんは……この国をいい方向に導こうとしているのに……」

「まぁ、人が三人寄れば派閥ができるっていうから仕方ないけど、実力行使は許せない」

友井も苦々しい顔で言った。

「これからの時代、久城のような政治家こそ必要なのに」

友井がつぶやいた時、ずっと閉じていた手術室のドアが開いた。ストレッチャーが引き出されてくる。

「久城さん……っ」

智実は思わず立ち上がっていた。

「先生……っ！」

顔見知りの外科医の姿を見て、智実は声をかけた。

「あの……久城さんは……っ」

「ああ、桂木先生」

外科医はマスクを外しながら、ふうっとため息をついた。

「ぎりぎりでしたよ。あと数センチ上にずれていたら、心臓を傷つけていたでしょう。内臓に達する傷ですので、大変な大けがですが、理事長は体力もおありですし、頑張ってくださるでしょう」

「……よかった……」

智実はストレッチャーに駆け寄った。久城はまだ麻酔で眠っていた。出血が多かったためか、顔色が褪せているのが痛々しい。

「病室の方に参りますので」

看護婦に言われて、智実は慌てて飛び退いた。

「あ、す、すみません……」

「桂木先生もどうぞ。付き添っていただけると助かります」

「はい……っ」

智実は、友井に頭を下げると、久城とともに病室に向かった。


この時代の医療はどれくらいのものなのだろう。

〝これほどの出血なら、輸血が必要なはずなのに……〟

まだ、輸血の設備ができていないのだろう。点滴もまだ一般的に行われていないらしく、久城は静かに横たわっているだけだ。

〝大丈夫……なのかな……。本当に……〟

智実にできるのは、発熱に苦しむ久城の汗を拭き、氷嚢や濡れタオルを取り換えるくらいのことだ。

「智……実……」

カーテンの隙間から、薄青い月明かりが忍び込む。彼の顔色は月のせいだ。あの強い人が、こんなに青い顔をしているはずがない。こんなに力なく横たわっているはずがない。

「はい……」

どうして、僕は彼の手を握ることしかできないのだろう。この指先を通じて、自分の命をあなたに注ぐことができたら、どんなにいいだろう。

「……泣くな……」

彼が掠れた声で囁く。

「智実……泣くな……」

「泣いたりは……しません」

彼の手を握り、ただ祈る。神様、どうかこの人を助けてください。この強い人をこの世に引き留めてください。

「あなたが目を覚ましてくださるまで……泣きません……」

久城はまだ完全に覚醒(かくせい)しているわけではなかった。意識が混濁していて、意味があるのかないのかわからない言葉をつぶやき続けている。呼吸は安定しているので、今すぐに容態が変わるとは思えなかったが、決して楽観できる状態でもなかった。

久城を刺した犯人は、国会の衛視に取り押さえられ、警察に引き渡された。詳しいことは教えてもらえなかったが、同じ貴族院に所属する議員の手の者とのことだった。

〝あなたは……闘っていたんだ〟

たった一人で。時代の風に向かって、一人で剣を振り上げて闘っていたのだ。ともすれば、過去に吹き返そうとする風に立ち向かっていたのだ。

〝僕が思うよりもずっとドラスティックに、この時代は動いているんだ……〟

この時代に比べると、平成の時代はなんとゆったりとしていたのだろう。自分たちは、なんとのんびりと生きていたのだろう。風邪(かぜ)で死ぬことは基本的にあり得ない。薬は薬局で簡単に買えるし、ちょっとした病気でも点滴をしてもらえる。

国会は闘う場所ではなく、むしろ、自分の立場を守るための政争の場になっていて、くだらないことに延々と時間を使っている。

〝この人は……命をかけて、日々闘っていたんだ……〟

智実は、久城の仕事についてよく知らない。貴族院と言われてもぴんとこないし、病院の経営についても、よくわからない。しかし、今日はっきりとわかったことがある。この人は命を狙われるような立場にあって、ただ真っ直ぐに前を見て、闘い続けてきたのだ。

「あなたを……失ってはいけない」

この時代に、この人は必要な人だ。この人がいなくなってしまったら、間違いなく、世の中は停滞してしまう。日本が一歩前に進むために、この人は絶対に必要な人なのだ。

〝僕の命をあなたにあげられるなら……〟

もともと、自分はあの交通事故で死んでいたはずなのだ。なぜか時空を超えて、この時代に来てしまったが、そうでなければ、なくなっていたはずの命だ。

〝神様……っ〟

月の上を雲が走り、彼の青い顔が一瞬見えなくなる。思わず、その手を強く握りしめてしまう。熱に浮かされる熱い手を。

どうか、この人を助けてください。

あたたかい空気がふわっと頬を撫でた気がした。

「……」

智実はゆっくりと目を開ける。窓にかかったカーテンの隙間から射す光は、薄青い月明かりではなく、白い太陽のものになっていた。

「朝……」

時計をしていないので、時間がわからない。しかし、夏の太陽はもう高く昇っているようだ。

「寝ちゃったんだ……」

「風邪をひくぞ、智実」

低く柔らかい声がした。ぼんやりと白い布団カバーを見つめていた智実は、はっと我に返った。

「……久城さん……っ」

慌てて起き直り、ベッドに横たわっている久城を見つめる。昨日の記憶が巻き戻される。

〝そうだ……っ、久城さんは大けがをして……っ〟

「急に動くな、智実。傷に響く」

「ご、ごめんなさい……っ」

智実はそうっと身体を起こした。青白い顔をしてはいたが、久城の瞳（ひとみ）はいつものようにきれいに澄んでいた。まだ熱っぽさはあるようだが、意識はしっかりしている。

「傷……痛みますか？」

硬膜外麻酔などはあるはずもない時代だ。手術の痛みはストレートに感じられることだろう。しかし、久城は気丈に言った。

「……大したことはない。痛みは生きている証拠だ」

「先生をお呼びしますね」

ベッドサイドから立ち上がろうとした智実の手を、久城がそっと引き留めた。

「え……」

「一晩中、ここにいたのか」

久城が尋ねた。智実は少しうつむき、小さく頷く。

「いることしかできませんでした。医者だなんていっても……僕はこの時代では無力だから……」

「無力などではない」

久城の手が驚くほど強い力で、智実の手を握りしめる。

「傷の痛みに目覚めると、いつも、おまえがいた。ふっと意識が遠のきかけると、おまえが引き戻してくれた。やはり、おまえは特別なのだな」

「別に僕は特別なんかじゃ……」

「特別だろう？」

久城の口元が微笑む。

「おまえは特別な力で、私の前に現れた。そして、今度は私を死から引き戻してくれた。おまえは……特別だ」

「……先生をお呼びしてきます」

ぺこりと頭を下げて、智実はベッドサイドを離れた。病室を出て、看護婦詰所に向かう。まだ手には、久城の指の力強さとぬくもりが残っている。

「特別……」

今まで、智実をそんなふうに言ってくれた人がいただろうか。おかしい、変な、不気味……そんなことばかり言われてきたのに、彼は『特別』と言ってくれた。

〝あなたの……傍にいたい〟

初めて、智実は平成の時代に帰ることが無意味だと思った。生活をしたり、病院で働いたりするたびに、不便を感じることがないと言ったら嘘になる。平成の時代なら、こんなことは簡単なのにと、つい思ってしまう自分がいた。しかし今、初めて智実はこの時代にとどまりたいと思った。ここには、自分を『特別』だと言ってくれる人がいる。もうあの時代には戻らなくてもいい。戻れなくてもいい。

「僕は……ここにいたい」

小さくつぶやくと、智実は看護婦詰所のドアをノックした。


久城の回復にはめざましいものがあった。

「患者がみな、理事長のような体力、気力をお持ちだといいのですが」

もうふさがり始めている腹の傷を手当てしながら、手術の執刀医だった益岡が言った。

「とても、手術室に運ばれてすぐに心臓が止まった人とは思えない」

「え」

智実はぎょっとしたように、久城を見た。

「そうだったのですか？」

この時代には、カウンター・ショックもＡＥＤもない。

「強心剤に反応して、すぐに心拍が戻ったとはいえ……予後の不良は覚悟していたのですが」

「私がそう簡単に死ぬと思うのか」

久城がふんと鼻で笑った。

「あの暴漢も馬鹿なことをしたものだ。私を殺すなら、一太刀で心臓を刺し貫かねばならぬのに、腹を刺した。もっとも、腹を刺せたことを褒めるべきかもしれんがな」

「冗談はやめてください」

寝間着の前を合わせ、布団をかけ直しながら、智実が言った。

「殺人未遂ですよ。しかも、心臓が止まったなんて、初めて聞きました」

「私も知らぬことだからな」

久城がうそぶく。

「勝手に止まるとは軟弱な心臓だ。益岡、心臓を鍛えるにはどうすればいい？」

真顔で尋ねる久城に、益岡は肩をすくめた。

「理事長の心臓を止めるには、一太刀では足りませんよ。ご心配なく」

お大事にと言って、益岡と看護婦が出ていった。

「……智実はずっとここにいていいのか」

久城が言うのに、智実は軽く頷いた。

「予診外来は少しお休みをいただいています。もともとなかった科ですから、十日くらい休んでも問題はありません。それよりも、今は久城さんの看病に専念してくれと、院長からのお達しです」

「看病など必要ない」

「女中には、着替えを任せたくないとおっしゃったと、宮本さんから聞きました。宮本さんはお屋敷を守らなければなりませんし、他の男の使用人の皆さんは、久城さんの身の回りの世話に慣れていません。かといって、大けがをされたばかりの久城さんに、身の回りのご不自由をかけるわけにいきません。僕は、宮本さんから久城さんのお世話を頼まれたんです」

「智実だって、人の身の回りの世話など……」

「久城さん」

久城のいる病室は、大きめの個室だ。もともと二床部屋だったところを、ベッドを一台出して、個室にしたのである。洒落(しゃれ)た両開きの窓を開いて、智実は風を入れる。

「僕は、親にまで不気味な子供として疎まれてきました。三歳の頃から、身の回りのことはほとんど自分でやってきたんです。人の世話くらい簡単ですよ」

「智実、水が飲みたい」

「はい」

智実はぱっとベッドの傍に戻ると、吸い飲みで水を飲ませる。すっかり慣れた仕草だ。

「伸吾はどうしている」

「はい、久城さんにお目にかかりたがっていらっしゃいますが、もう少し落ち着いてからと、宮本さんが。お屋敷の皆さんがよく相手をしてくださっています。僕もたまに戻った時に、夏休みの宿題などを見ています」

智実は洗濯物をまとめて、風呂敷にくるんだ。

「それでは、お屋敷に戻ってきます。何か、持ってくるものはありますか」

「かいがいしいことだ」

久城がふっと笑う。

「それなら、薄めの本を適当に持ってきてくれ。そろそろ退屈してきたが、厚い本は持てん。選ぶのは任せる」

「わかりました」

彼の言いつけに従うことは、智実の中で喜びとなり始めていた。彼のためにできることがあるのが嬉しい。彼のためにどんなことでもしてあげたい。急速に走る自分の心が少し怖い。

〝こんなふうに……僕を受け入れてくれた人はいなかった……〟

風に乗って、少し湿った土の匂いがした。

「雨か……？」

「ええ……」

　窓際に寄って外を見ると、雨がぱらつき始めていた。

「少し涼しくなるといいのですが」

「風の匂いで雨を感じることなど……しばらくなかったな」

　久城がつぶやく。

「気をつけて行け、智実」

「はい」

　雨が本降りにならないうちにと、少し足早に病室を出ていこうとした智実の背中に、久城の声が投げかけられた。

「智実、早く……」

「はい？」

　振り返ると、久城は窓の方を見ていた。

「早く……行ってこい」

「はい、久城さん」

　病室を出ながら、智実は頬に浮かぶ笑みをこらえきれずにいた。

ACT 6

八月に入ってじきに、久城は退院した。

「お早い退院で、何よりでございます」

宮本が玄関で恭しく頭を下げていた。

「よく留守を守ってくれたな、宮本」

夏物のポーラのスーツを着た久城が帽子を取りながら言った。

「今月くらいは静養しろと益岡には言われたが……」

「益岡先生のご指示はお守りください、旦那様。暑い時期は身体も治りがよくないと聞き及びます。ご無理はなさいませんように」

「ああ、わかったわかった」

大して本気でもない口調で言って、久城は邸内に入った。

「伸吾はどうしている」

「伯父様……っ」

車の音を聞きつけたらしい伸吾が飛び出してくる。

「伯父様、お帰りなさいませ……っ」

結局、久城は伸吾の見舞いを許さなかったため、伸吾は久しぶりに久城に会うことになる。

「伸吾、いい子にしていたか？」

頭を大きな手で撫でられて、伸吾はにこりとした。久城が少し驚いた顔をしている。

「はい。宿題もきちんと一人でやっておりました」

「坊ちゃまは、この夏休みでずいぶんと大人になられました。もうお着替えもお一人でなさいます」

宮本が言った。

「おお、それは私よりもえらいな、伸吾。私は病院でずっと智実の世話になっていたぞ」

久城が笑み崩れた。伸吾が可愛くて仕方がない顔で、何度も頭を撫でる。伸吾は大きな目を見張って、久城を見つめている。

「伯父様が先生にお着替えさせていただいたのですか？」

「し、伸吾くん……っ」

久城の後から、荷物を持って入ってきた智実はびっくりして言った。

「伸吾くん、久城さんは大けがをなさっていて……っ」

「なんで、智実が赤くなっているんだ」

久城がおかしそうに笑っている。

「まだ、笑うと腹が痛いな。宮本、少し休む。熱い紅茶を寝室に持ってきてくれ」

「かしこまりました」

宮本がすっと頭を下げる。

「無事のお帰り、心からお喜び申し上げます」

「智実」

久城が振り向いた。

「部屋で休む。着替えを手伝ってくれ」

「は、はい……っ」

大けがをして、まだ二週間とは思えないほどしっかりとした足取りで、久城は自分の部屋へと向かった。


「あまり無理をなさらないでくださいね」

久城の後ろに回ってジャケットを脱ぐのを手伝いながら、智実はそっと言った。

「僕がついて、療養することを条件に退院したんですから」

「わかっている」

久城が少し鬱陶しそうに言った。

「どっちにしても、議会は夏で休会だし、病院の方は治療以外出入禁止だ。家で休んでいるしかなかろう」

シャツを脱ぐと、まだ包帯をぐるぐる巻きにしている痛々しい姿になった。久城は着痩せするタイプだ。洋装でいても、和装でいても、すらりとプロポーションがよく、ほっそりして見えるが、服を脱ぐと、しっかりとした筋肉質の身体つきをしている。

『理事長は鍛えておいでだからね』

退院の報告をしに行った智実に、益岡が言ったものだ。

『剣道や居合はかなりの腕前とうかがっている。あの筋肉があったから、刃物が完全に深く入らなかったんだよ』

後ろから浴衣を着せかけると、久城はさっと前を合わせ、手早く帯を結んだ。

「智実も変な特技ができてしまったな」

「変な特技？」

「執事の真似事だ。いや、宮本より智実の方が気が利くかもしれないな」

和服姿の久城は、洋装の時よりも凛々しい感じがする。たまに、和服で真剣を握り、居合をやっているのを見るが、教科書とかドラマの中でしか見たことのない侍は、こんなふうだったのではないかと思える。それほど、その姿はさまになっていた。

「……僕は自分がしてほしいことをしているだけですから」

ジャケットにさっとブラシをかけ、シャツを洗濯物用の籠に入れる。

「傷を見ますから、ベッドに横になってください」

「智実が医者でよかった」

久城が笑いながら言った。

「おかげで、早くあの病室から出られた」

「ご自分の病院ですよ」

包帯をはさみで切り、ガーゼを剥がすと、きれいに針目の揃った傷が見えた。器材も、智実から見ればびっくりするくらい揃っていないが、益岡の腕は確かなようだ。

「久しぶりに歩いたが、傷は開いていないか？」

「え、ええ……益岡先生はそんな縫い方はなさいませんよ」

病院から持ってきた消毒薬で消毒し、ガーゼをかぶせる。

「……包帯を巻きますので」

テープがあれば簡単なのにと思いつつ、話しかけると、久城は起き上がり、するりと肌脱ぎになった。きれいに筋肉のついた上半身が露わになって、智実は少しどきりとし、そして、どきりとした自分にびっくりする。

〝なんで……？　男の裸なんて、病院でいくらでも見てきたのに……〟

智実は総合診療科なので、案外患者との直接的なコミュニケーションが多かった。中途半端な病状説明を補足するために、聴診を行うことが多かったからだ。智実自身は聴診を必要としておらず、最初は行わなかったのだが、ナースたちから『ちゃんと患者さんを診ていない』というクレームがつき、聴診を行うようになった。『力』を持っている智実からすれば、ちょっとした答え合わせのようなものだった。

「……はい、できました」

包帯止めで止めて、浴衣の前を合わせる。少し震える手を軽く摑まれて、びくりと肩を揺らせてしまう。

「あ、あの……っ」

「自分でできる。智実は伸吾を見てやってくれ」

「はい……」

消毒用の器具を片付け、智実は久城の部屋を出た。

「……おかしいぞ」

自分を叱りつけるようにつぶやく。

「僕は医者なんだ……」

この時代に来てしまってから、医者と自覚するような仕事をあまりしていないせいか、たまに医者らしいことをすると、逆にどきどきしてしまう。

「……きっとそうだ……」

胸の奥にしっくりとこないものを宿したまま、智実は伸吾の部屋に向かった。


この時代の夏は、智実が暮らしていた時代の夏よりも優しいと思った。確かに夏なのだから暑いのだが、その暑さがまろやかな気がする。アスファルトがないせいか、足元からじんわりとくるような暑さを感じず、クーラーの室外機もないので、外を歩いていて、不快な熱風を浴びることもない。ただ、太陽のじりじりとする暑さだけを感じて、空を見上げる。

「智実先生」

さっきまで、庭で行水してはしゃいでいた伸吾が、さっぱりとした浴衣に着替えさせてもらって、庭に向いたフランス窓を開けて、板の間に座っていた智実の傍に来た。久城家の屋敷は不思議な造りをしている。外から見る造りは完全な洋館なのだが、中はちょこちょこと和風の造りになっている。ここはフランス窓という洋風のものを取り入れながら、窓を開けてしまえば、ほとんど縁側という不思議な造りの場所だ。

「先生も行水なされればよかったのに」

「いや……僕はいいよ」

庭にたらいを持ち出し、水をかけてもらって、はしゃいでいる伸吾は可愛いし、使用人たちが宮本に許可を受けて、特に暑い日に行水しているのも知っていたが、自分はする気になれない。行水をしている男の使用人たちはみな鍛えられた身体をして、よく日に焼けている。しかし、智実は日焼けしない体質のため肌が白く、筋肉もほとんどついていない。ほっそりしているといえば言葉はいいが、少年体型の華奢（きゃしゃ）なまま、年だけを重ねてしまった感じだ。

「あれ……伸吾くん、何を持っているの？」

気がつくと、伸吾は手に本のようなものを持っていた。

「学校から借りてきた本？」

「いいえ、写真が貼ってあるんです」

仲吾は智実に小型のアルバムを手渡してきた。ハードカバーの本のような作りだ。一ページに一枚か二枚の写真が貼ってある。もちろんカラーではない。そして、写真の判も小さい。

〝ふぅん……セピア色になる前の昔の写真って、こんな感じなんだ……〟

「あ、仲吾くんだ」

真新しい制帽をかぶり、制服を着て、真面目な顔をして写っているのは、小学校入学の時の仲吾だ。仲吾一人だけで写っているものと、久城と二人で写っているものがある。久城は微笑んでいるが、仲吾が緊張した生真面目な顔をしているのが可愛らしい。

「これはお屋敷の前だね」

「はい。達川さんが撮ってくれました。達川さんは写真を撮るのが上手なんです」

アルバムをめくっていく。どうも、逆から開いてしまったらしく、写真はどんどん古くなっていく。

〝あ、久城さんの若い頃だ……〟

今も若い久城だが、写真の中の彼は学生時代のようだ。一高から帝大と言っていたから、智実の知っている東大出ということになる。顔立ちは今とほとんど変わっていないが、やはり頬のあたりがふっくらとしている。

〝あれ……？〟

若い久城と並んで写っている女性がいた。女性というより、少女だ。久城とよく似た美しい顔立ちをしているが、華やかさのある久城に対して、少女はどこか寂しげな表情を浮かべている。

「これは……誰？」

「え？」

伸吾はアルバムを覗き込む。そして、にっこりとした。

「お母様だよ」

「え……」

智実ははっとした。

〝そういえば……どうして、伸吾くんはここで暮らしているんだろう……〟

伸吾は久城の甥だ。つまり、久城の弟妹の子供ということになる。その伸吾が久城のもとにいるということは、伸吾は両親を失っているのではないだろうか。伸吾は男の子だ。この時代の考え方からすれば、『跡取り』である。両親のどちらかでも生きていれば、そこに引き取られる可能性が高い。久城家には、久城文憲という『跡取り』が今現在いるかある。

らだ。しかし、伸吾は久城のもとに来た。ということは、両親が亡くなっている可能性が

「……きれいな人だね」

「お母様、伯父様とよく似ているんです。宮本さんも達川さんも、みんなそう言います」

「伸吾」

ふいによく響く声がして、智実と伸吾は飛び上がりそうになった。この屋敷はきっちりと造られているので、床が軋(きし)んだりしない。久城が近づいてきていることに、二人はまったく気づかなかった。

「私の図書室から持ち出したな」

「……ご、ごめんなさい、伯父様」

すっと手を出し、久城は智実の手からアルバムを取り上げると、着ていた和服の懐に入れてしまった。

「本ならいつでも読んでいいが、勝手に持ち出すなと言っているだろう」

「はい……伯父様」

「久城さん」

智実はしゅんとしてしまった伸吾を引き寄せた。

「伸吾くんは、僕に写真を見せてくれようとしたんです。叱らないでください」

「智実、伸吾を可愛がってくれるのはありがたいが、甘やかさないように。言いつけを守れない時に叱ることも大事だ」

「す、すみません……」

智実もしゅんとしてしまう。

〝叱るのも、褒めるのも苦手だからなぁ……〟

智実は、叱られたり、褒められたりして育っていない。一言で言うなら『無視されて』育っているのだ。

「それから」

立ち去りかけた久城が振り返った。その潔い瞳が智実を真っ直ぐに見ている。

「この中身については、詮索(せんさく)不要だ。伸吾にも聞かないように」

「久城さん……」

「家族の間のことだ。他人である智実には関係ない」

その瞬間、智実の胸がずきりと鋭く痛んだ。思わず手で押さえてしまいたくなるほど、それは鋭い痛みだった。

〝他人……そう……だよね……そうなんだ……〟

「……はい、久城さん」

あなたがあまりに優しく『智実』と呼び、『おまえ』と呼んでくれるから、僕は勘違いしてしまいそうになる。

〝あなたが……優しいから……〟

久城は愛想がいい方ではないし、高圧的な物言いをすることが多い。それは生まれながらにして、富と権力を与えられた者にだけ許されることだ。逆に言えば、彼はそれ以外の物言いを知らない。彼は生まれながらにして、人の上に立つことを運命づけられているのだ。だから、彼の優しさはとてもわかりにくい。しかし、智実にはしっかりと伝わっている。いや、少なくとも、智実はそう思っていた。彼は……優しいと。

〝そうでなければ……あなたは僕を傍に置いてはくれなかったはずだ……〟

誰も、智実の傍にはいてくれなかった。無口で、愛に飢えた瞳をした智実を、誰も受け入れてくれなかった。久城は智実を初めて受け入れてくれた人だった。だから、錯覚してしまった。智実が彼をただ一人の人として思っているように、彼もまた、そう思ってくれていると。

〝違う……僕は……使用人の一人だ〟

彼が智実のことを「使用人ではない」と言ってくれるから、勘違いしてしまっていたけれど、智実は間違いなく、彼の使用人で、彼に使われている身なのだ。

〝馬鹿……みたいだ〟

「……おまえは知らなくていいことだ」

もう一言、冷たい言葉を投げつけて、悄然(しょうぜん)と立ちすくむ智実と伸吾をその場に残して、久城は去っていったのだった。


日が落ちると、すうっと風は涼しくなる。夜になっても気温の下がらない時代とは違って、この時代の夏の夜風はひんやりと冷たい。

「星も……見えないや」

智実は庭下駄を履いて、庭に出た。今日は夕方から雲が厚くなって、今にも空は泣き出しそうだ。薄ねずの雲を見上げて、智実はふっとため息をついた。

「いつもなら……きれいな天の川が見えるのにな……」

東京で天の川が見られるなんて、思いもしなかった。智実の知っている東京の空は、真夜中になってもネオンが輝き、暗くなることはなかった。

「雲があんなに早く流れてる……」

ざっと風が吹く。顔に張りつく髪を指先でかき上げて、智実は空を仰ぐ。上を向いていないと、何かがこぼれてしまいそうだったから。

「……風邪をひくぞ」

低く響く声がした。

「夏といっても、今日は……風が吹いている」

「久城さん……」

フランス窓が開いたのに気づかなかった。窓の一つ一つにまで、使用人たちの手が行き届いているからだ。いつの間に庭に下りてきたのか、夕方になって、夏物の絽の和服から浴衣に着替えた久城が背後に立っていた。

「これを」

ふわっと浴衣の肩に、柔らかいぬくもりが寄り添ってきた。

「え……」

彼が肩に羽織らせてくれたのは、薄手のストールだった。白地に明るい花柄を織り出した美しいものだ。

「これ……」

「これは……亡くなった妹のものだ」

久城はさらりと言った。

「昼間、アルバムで見ただろう？　あれは私の妹で、伸吾の母親である……千草だ」

「久城さん……」

「昼間はすまなかったな」

久城は少し視線をそらして言った。

「……私らしくもなく動揺してしまったようだ。今、伸吾にも謝ってきた」

「久城さんが謝るなんて……」

智実はくすりと笑った。

「伸吾くん、びっくりしていたでしょう？」

「ああ。きょとんとして、返事もしなかったな」

少し楽しむような調子で、久城は言う。

「……久しぶりに……本当に久しぶりに千草の写真を見て、たぶん一番動揺していたのが私だろう。私は、千草を亡くしてから、あれの写真を見ないようにしていた。写真も書斎の奥にしまい込んでいたのだが、伸吾はよく見つけたものだな」

「この頃、探検ごっこがお気に入りなんです。お屋敷のあちこちに潜り込んで遊んでいます」

「今までは、部屋で本を読んでばかりの子だったからな。智実が来てくれてから、伸吾は子供らしくなった」

久城に誘われて、屋敷から一番離れたところにある四阿(あずまや)に向かう。広い庭園の小高くなったところに、二人がけのベンチが置かれた小さな四阿がある。

「……涼しいですね」

肩に羽織ったストールをかき合わせながら、智実は言った。

「ああ、今年の夏は短いな。まるで、駆け抜けていくようだ」

空には、儚(はかな)く壊れそうな三日月が浮かんでいる。

「まぁ、私のけがにはありがたい。暑いと傷の治りも悪いからな」

「ええ……」

木で作られたベンチは、使用人たちの手できれいに拭きこまれている。そこに座り、二人は庭を見渡した。淡い月明かりに、庭の白砂が輝いて見える。木立は黒い影となっている。

「……千草のことだが」

「久城さん」

智実はそっと首を横に振った。

「つらいことなら、無理におっしゃらなくても……」

「いや」

久城は落ち着いた低い声で言う。

「忘れてしまうことが、伸吾のためになると思っていた。しかし、千草はどうなんだろう。わが子にも兄にも忘れられて……千草はどうなんだろう。あれは迷ってはいまいか……どこにも行けずに迷ってはいまいかと……思った」

「とても……きれいな方でした。少し……寂しそうだったけど」

智実は囁くように答えた。

「久城さんに……よく似ていらっしゃった」

「そうか？　私とはあまり似ていないと思っていたのだが。千草はいつも少しうつむいているような……そんな女だった。いつも、私の陰に隠れてうつむいているような……おとなしい子だった」

久城の着ている藍の浴衣が、闇に溶け込むようだ。膝の上で軽く組んだ彼の手だけが、薄闇にふんわり浮かび上がって見えた。

「両親を次々に亡くしてからは、いっそう千草は寂しげになった。両親は自分勝手で生意気な私より、おとなしく引っ込み思案な千草を可愛がっていた。そう……まさに深窓の令嬢だな。実際、身体もあまり強くなかったし、女学校を出てからは、お茶の稽古に通うくらいで、あとはほとんど家で過ごしていた」

「久城さんとは、いくつ違っていたんですか？」

「私の九歳下だ。両親が亡くなった時、妹は十八。そろそろ縁談がいくつか来ていた」

「え？　十八歳で、もう結婚ですか？」

びっくりして返した智実に、久城は当然だろうと頷いた。

「女学校を退学して結婚する娘もめずらしくはないぞ。おまえのいた時代はどうなっていたんだ？」

「三十過ぎても結婚しない人もめずらしくはないですね……」

「それはまた……。子供も作れないのではないか？」

「それ、セクハラって言われます」

智実は小さく笑う。

「僕のいた時代では、好きな時期に結婚して……いいえ、結婚しない自由もあります。僕も結婚はしていません」

「それは、私もまだだが」

そういえば、三十歳を過ぎていると思われる久城だが、妻帯している気配がない。宮本がたまに愚痴を言っているのを、智実は聞いていた。『まったく……降るようにご縁談はございますのに、一向にその気になってくださらなくて……』

「千草は身体が弱いこともあって、縁談にはあまり乗り気でないようだった。しかし、二十歳を超えてしまえば、なかなか話もなくなる。華族の娘などそんなものだ。しかも、当時、久城家は急に当主を失い、いろいろな意味で危機を迎えていた。母は結核で亡くなったが、父は心臓発作での急死だったからな。私も帝大を出て、まだ大学で研究をしていた頃で、家業のことも十分にわかっていない状態であったし、病院の経営も今のように安定してはいなかった。正直、このまま没落していくのかとも思った」

久城は淡々と言った。

「私一人ならいい。どんなことをしてでも生活していける。しかし、妹は違う。女学校は出たものの、あとは深窓の令嬢としての生活しかしていない。私も、妹に今までと同じ生活をさせてやれるかどうか自信がなくなっていた。そんな時、御上侯爵家から縁談が申し込まれたんだ」

侯爵は伯爵よりも上の爵位だ。

「相手は、御上侯爵家の御次男で、千草よりも二十歳も上だった。さすがにためらった私に、千草は輿入れを承諾したと言った。間に入った大叔母に言われたのだと思う。このままでは、あなたはお兄様の……私の負担になると」

久城の声に悔しさがにじむ。

「妹には、嫁ぎたくなければ嫁がなくていいと何度も言った。しかし、千草は女は望まれて嫁ぐのが一番の幸せと譲らなかった。大叔母の言いそうなことだ」

わずか十八歳の娘が、二十歳も上の相手に嫁ぐ。それもつき合う期間もほとんどなく、一回顔を合わせ、釣書を交換しただけで。現代では考えられないことだが、この時代の華族の世界では、めずらしいことではなかっただろう。

「千草が嫁ぎ、一年くらいした頃から、久城家は安定し始めた。病院経営も上手くいき始めたし、いくつか経営している会社も上手く回り始めた。もう一年早ければ、千草を意に染まない結婚に走らせることもなかったのにと思った頃……千草が懐妊したと知らされた」

「伸吾くん……ですか？」

「そうだ。嫁いでから、まったく里帰りもしてこなかった千草に久しぶりに会って……私は驚いた」

久城の両手が握りしめられた。

「千草は壊れてしまいそうなくらいに痩せていた。もともと大柄な方ではなかったが、本当に小さく見えた。つらい思いをしているのではないか。帰ってきてもいいのだと言った私に、千草は微笑んだ。ようやく懐妊して、お勤めを果たせるのに、帰るわけにはいきませんわと」

名家に嫁いだ娘の一番の役目は、やはり跡継ぎを生むことだった。三年子なきは去れというのが、大真面目に言われていた時代だ。

「それでも、千草は無事伸吾を生み、ようやく幸せになれたと思ったのに……」

月が雲に隠れる。すうっと暗闇が迫ってくる。月が隠れてしまうと、本当の闇がやってくる。夜はこんなに暗かったのだと思える、そんな闇。

「御上侯爵家の長男……次期御上侯爵には、子供がいなかった。自身が子供の頃に大けがをして、子供の作れない身体になったと聞いている。御上侯爵は……伸吾を長男の養子にくれないかと言ってきた」

「え……っ」

「まだ、赤ん坊の今なら、母親の顔も覚えていないだろう。今のうちに養子に出して、また子供を作ればいいではないかと言われたと……千草から手紙が届いた。手紙には、誰も助けてくれない。夫も次の子供を作ろうと言うばかりで、伸吾のことを少しも可愛がってくれないと記されていた。毎日のように、長男の妻が現れ、伸吾を抱いているとも。字の乱れで、千草がどれほど追い込まれているかがわかった」

「ひどい……」

お腹を痛めたわが子を取り上げられる。誰も救ってくれない。子供がもぎ取られてしまう。身体の強くない千草に、次の出産はもう無理かもしれない。それなのに。

「手紙を受け取って、私はすぐに御上侯爵家を訪ねた。追い返されても、千草に会えるまで粘るつもりだった。できることなら、千草と伸吾をこの家に奪い取ってくるつもりだった。しかし……」

久城の声が震える。智実は思わず、久城の手を握っていた。彼の手は冷たく、小さく震えていた。それで、どれほどこの告白が彼を傷つけているかがわかった。ずっと封印してきた心の傷は、まだ血を流し続けているのだ。

「……千草は行方不明になっていた。伸吾を連れて、御上侯爵家の書生と一緒に。翌日、私宛の遺書を置いて、情死している二人が見つかり、伸吾が警察に保護された」

情死とは心中である。

「どうして……」

「その書生の遺書で、ずっと千草を慕っていたということがわかった。そして、やつれ、弱っていく千草を見ていられないとも……。同情と思慕から心中すると記されていた」

「伸吾くんは……」

　智実の声も震えた。千草が亡くなったことは予想していたが、まさか情死とは思ってもみなかった。

「遺書が私宛だったので、警察から私にすぐに連絡があって、二人が心中した川辺にしっかりと毛布にくるまれて眠っていた伸吾を引き取ることができた。千草はその場で遺書を書いたらしく、伸吾も連れて行こうとしたが、可愛らしい顔を見ていたら、どうしても、連れて行くことができない。お兄様に託すと……震え、にじんだ文字で書かれていた」

　久城の手が、智実の手をきつく握り返す。智実の手が痛みを感じるほどに。

「御上家は伸吾を返せと言ってきた。大事な跡取りだと。しかし、返せるわけがなかろう。伸吾は大切な……千草の忘れ形見なんだ。千草が命をかけて、守り通そうとした子だ。渡すわけにはいかない。しばらくの間、警備の者を雇い、腕の立つ書生とともに、伸吾を守った。何度か、御上家からの強引な襲撃じみたものも受けたが、伸吾を守り通すことができた」

「でも、今は……」

　今の伸吾は普通に学校に通っている。朝は智実が送るものの、帰りは一人で帰ってくる。

「ああ……三年ほど前に、件（くだん）の次男殿が後添いをもらい、そこに子供が出来て、長男殿のもとに養子に出したと聞いた。ようやく、それで伸吾を諦めてくれた。もともと、情死をした恥さらしな嫁の子だ。わりとあっさり諦めてくれたのが幸いだった」

「ひどい……」

「伸吾だけは守ってやりたい。なんとしても、守りたい。あれには窮屈で怖い伯父かもしれないが、あれを真っ直ぐに、きちんとした強い男に育てるためなら、私はなんでもする。智実」

久城がじっと智実を見つめる。

「私が智実を家に入れたのは……伸吾がそれを望んだからだ。智実と伸吾はどこか似ている気がする。伸吾は智実が来てから、明るくなった。智実が来てくれるまでは、いつも……うつむいているような子だった。おとなしく手がかからない子だったが、聞き分けがよすぎて、可哀想になるようなところがあった。それが、智実が来てくれてからは、子供らしいところが見られるようになった。智実は……神が遣わしてくれた……私はそう思っている」

初めて聞く、久城の弱々しい言葉だった。そこにいたのは、すべてを理性で割り切っていく強い久城ではなく、人間らしい弱さを持った愛すべき人だった。

「私は、千草を守ってやれなかった。私は若く……愚かだった。今なら、なんとしても千草を嫁がせることなどしなかったのに、あの時の私は……正直、千草が嫁いでくれることにほっとしていた。身体が弱く、後添いのような話しかなかった千草が、曲がりなりにも初婚の侯爵家に嫁ぐことができて、世間体を保つことができたと思っていた。私は……愚かだった」

「千草さんは……」

智実は考えながら、ゆっくりと言った。

「久城さんを最期まで信じていたのだと思います。頼りになる……お兄様として。だから、伸吾くんを連れて行かず、お兄様に託された。千草さんは久城さんを……信じていたんです。必ず、伸吾くんを立派に育ててくれると」

「……千草のことを話したのは初めてだ」

久城はぽつりと言った。

「宮本も……詳しいことは知らないはずだ。千草については、名家の嫁が書生と情死したと新聞ネタになったから、知っているだろうが、遺書については誰にも言っていない」

久城がそっと顔を上げた。黒い瞳が智実を見つめる。

「なぜだろうな……おまえには言っておかなければならないと思った。おまえには知っていてほしいと……思った」

風が流れ、彼の襟元から涼しい白檀が香った。智実はその風に触れるようにふと手を上げた。その手が久城の髪に触れる。意外なほどさらさらと柔らかい手触り。その髪を智実は引き寄せる。

「……」

そして、肩を背中を抱き寄せる。彼のあたたかく広い背中を抱く。

「智実……」

「少しだけ……こうしていさせてください」

彼の背中は広くて、智実の腕の中にはおさまりきらない。それでも、抱きしめたいと思った。やはり、この人は千草の兄だ。あの美しくも儚い人の。今の彼は、いつもの彼ではない。こうして腕の中に抱いていないと、今にも消えてしまいそうだ。しっかりと腕に抱いていないと、ここからいなくなってしまいそうだ。

「智実……」

彼の腕が、そっと智実の背中に回される。

「智実……」

柔らかく抱きしめられた。彼の腕の中にすっぽりと抱かれ、全身がぬくもりに包まれる。

「おまえは……あたたかいな」

彼の胸に顔を伏せて、智実はぎゅっと腕に力を込める。

「あなたも……あたたかい」

涼しい香りに包まれて、智実はそっと答える。

「……気がついていましたか？」

「え……？」

ここはまるで、最初から智実のために用意された場所のようだ。あたたかくて、優しくて……気持ちがいい。

「僕……笑えるようになりました」

「智実……」

「今まで、笑えなかったのに……僕はいつの間にか……笑えるように……なりました」

微かに微笑んで、智実は彼の胸に頰をつける。

「あなたの……おかげです」

そう。すべてあなたの。

涼しい風が吹く。ふわりと舞う蛍の青白い光。静かな闇の中で、二人は息を潜め、ただじっと一つの影になる。お互いのぬくもりだけを手がかりに。

ACT　7

「おはようございます……」

智実がそっと食堂に顔を出すと、食器の後片付けをしていた女中の登美がにっこりとした。

「あら、おはようございます。桂木先生。今日はお寝坊ですか?」

「あ、ええ……」

すでに七時を過ぎている。久城と伸吾は食事を終えているはずだった。

〝よかった……〟

昨夜、久城と抱き合ってしまった。庭の小高い丘にある四阿で、彼の告白を聞いた。彼の妹、千草の身に起きた悲劇と伸吾の出生の秘密だ。そして、そのことを語った久城が、とても哀しそうでつらそうで……このまま消えてしまいそうに見えて、思わず抱きしめてしまった。そして、なぜか、あの人も智実を抱きしめてくれた。彼の心臓の音が聞こえるくらい近くに、あの人を感じた。

〝なんだか……恥ずかしいな……〟

彼に手を引かれて、屋敷に戻った。彼はなぜか、智実の手を離さずに、部屋の前まで来てくれた。そして、無言のまま、手を離して、書斎に戻っていったのだった。そのまま眠り、今朝起きて、昨夜のことは夢かと思った。しかし、浴衣にふんわりと残った白檀の香りで、あれは夢ではなかったのだとわかってしまった。

〝どうして……あんなこと、しちゃったんだろう……〟

たまらなく、あの人が寂しそうだった。ただ、抱きしめたかった。それだけだった。

「……ま、考えても仕方ないか……」

「どうかなさいましたか？」

顔を上げると、宮本がきょとんとした顔で、智実を眺めていた。智実は慌てて、椅子に座る。

「あの……お茶だけで」

「では、紅茶に牛乳を入れましょう。パンもご用意はありますが？」

「じゃ、パンとお茶だけで。すみません」

宮本がここにいるということは、もう久城は出かけたのだろう。彼はいったいどんな顔をしていたのだろう。少し聞いてみたかったが、やめておいた。

〝聞いてどうしようっていうんだろう……〟

ふうっとため息をついた時、ドアの開く音がした。

「あ、すみま……」

振り向いて言いかけて、智実は凍りついた。目だけをぱちぱちと瞬（しばた）いてしまう。

〝うそ……〟

「どうした、智実」

入ってきたのは、久城だった。いつものように、きちんとした洋装で、すぐに出かけられる姿だ。

「お、おはようございます……」

自分の頬が熱くなってくるのを感じた。

〝絶対に真っ赤になってる……〟

「おはよう」

久城は淡々とした、いつもと同じ静かな表情をしていた。端麗な美貌（びぼう）は毛筋一つの乱れもない。

「今日は遅いな、智実」

「あ……ちょっと、寝坊をしてしまって……」

「旦那様、どうなさいました」

智実のために、ミルクティーとトーストを持ってきた宮本が、久城を見て言った。

「そろそろお出かけかと思いましたが」

「ああ、眼鏡(めがね)を忘れた。今朝は食事をしながら、見なければならない書類があったからな」

久城は軽い近視だという。普段は眼鏡をかけないが、細かい書類を見る時だけ、細い縁の眼鏡をかける。テーブルの上にあった眼鏡のケースを取り上げ、ジャケットの内ポケットにしまった。

「それは気がつきませんで。大変失礼いたしました」

宮本が慇懃(いんぎん)に頭を下げた。

「いや、私が忘れたんだからな。出かける」

「はい、旦那様」

食堂を出ていきながら、ふと久城が振り向いた。

「智実」

「は、はい」

「今夜、食事に行くから」

「はい？」

「桂木先生、先生も旦那様のお見送りを」

「あ、はい」

宮本に促されて、智実は慌てて、席を立つ。食堂から玄関まで、宮本と並んで、久城の後を歩く。廊下の窓から吹き抜ける風に、微かに白檀が香り立つ。

「行ってらっしゃいませ、旦那様」

「行って……らっしゃいませ」

「智実、さっきの。聞こえたな？」

玄関に着いて、靴を履き、久城が振り向いた。

「え、えと……はい……」

「四時に出かけるから、用意をして待っていろ。いいな」

「はい……」

智実が頷くのを確認して、久城は出かけていった。

「智実先生、今日は十個咲いたよ」

ノートを片手に、伸吾が庭から駆け戻ってくる。庭に向いたフランス窓を開けて、智実はぼんやりとしていた。

「智実先生」

伸吾がにょっと顔を出してくる。智実はびっくりして、顔を上げる。

「あ、ご、ごめんっ。どうしたの？」

「今日は朝顔、十個咲いたよ。つぼみは七個」

ノートには、朝顔の観察日記がつけられている。伸吾の夏休みの宿題である。真面目な伸吾は、毎日きちんと記録をつけている。

「見せて」

ノートを確認して、智実は頷く。

「いいよ。絵もちゃんと描けてるね」

「先生が絵の描き方を教えてくださったから、うんと上手くなったと達川さんが褒めてくれたんだよ」

総合診療科に配属されるまで、智実は外科系にいた。絵を描くのは仕事のうちだった。絵画的な才能はないかもしれないが、対象を的確に捉(とら)えることには慣れている。その描き方を伸吾に教えたのだ。伸吾はいい生徒だった。七歳にしては理解力がずば抜けている。

さすがに久城の甥だ。おそらく、彼の母であった千草も聡明な女性だったのだろう。

「もともと、伸吾くんは絵が上手だよ。絵描くの、好きでしょう？」

「うん。あのね、お母様も絵が上手だったんだよ。伯父様が……今朝くださったんだよ」

「え？」

「今日、朝ご飯の時に、伯父様がくださったんだよ。待ってて、先生。今持ってくる」

庭下駄を脱いで、伸吾は自分の部屋に駆け込み、すぐに戻ってきた。

「これ。見て」

伸吾が持ってきたのは、小型のスケッチブックだった。ぱらりと開くと、美しい水彩で花の絵が描かれていた。さまざまな庭の花をスケッチし、淡く水彩で色をつけた美しいものだ。他にも、久城の横顔をスケッチしたものや、庭に向かって開いたフランス窓を描いたものなど、繊細で美しい絵が収められていた。

「これね、お母様が女学校の頃に描いた絵なんだって。おまえも絵が好きなようだから、おまえが持っていた方がいいだろうっておっしゃって、今朝、くださったんだ」

伸吾は目をキラキラさせ、嬉しそうに言った。

「お母様ね、僕が赤ちゃんの時に、病気で亡くなったんだ。でもね、すごく僕を可愛がってくださったんだって。伯父様、今朝話してくださったんだ」

「そう……なの……」

「今まで、お母様のことをお聞きすると、伯父様、すごく哀しそうなお顔をなさるから聞けなかったんだけど、今日は伯父様からお母様のことをお話ししてくださったんだ。これからは、聞きたいことは聞いていいって。もう、伸吾は大人だからなって」

〝……よかった……〟

昨夜、智実に千草の事件を話したことで、彼の中にあった葛藤が少しは氷解したのだろうか。

〝少しは……楽になれたのかな……〟

「……よかったね」

智実は伸吾の頭を軽く撫でた。

「伸吾くんのお母様、とてもきれいな方だもんね」

「うん」

伸吾がにこにこと頷く。

〝きっと、千草さんのこんな笑顔を久城さんは見たかったんだろうな……〟

「じゃ、二人で見ようか。お母様の絵を」

「うんっ」

仲吾も智実の隣に座り、二人は肩を並べて、仲良くスケッチブックをめくり始めた。

夜の銀座(ぎんざ)は、智実が思っていたよりもずっと暗かった。天気があまりよくないせいもあったが、現代の夜でも昼のように明るい銀座を見慣れている智実からすると、ガス燈(とう)がぼんやりと光を投げかける道は、びっくりするくらい暗かった。道も幅はかなりあるが、それでも、現代よりもずっと狭い。当然舗装もされておらず、平らに均(なら)されてはいるが、土で固められた道だ。しかし、道の両側には、だいぶ様子が違うものの、見慣れた店の名前がいくつかあった。

〝へぇ……デパートもある。規模がずいぶん違うけど〟

「銀座は初めてか？」

きょろきょろと周囲を眺めている智実に、久城が言った。銀座に出かけるのだからということで、今日の智実は久城が若い頃に着ていたというスーツを着せられていた。だいぶ身幅や丈が大きいが、そこは針仕事の得意な登美がうまく誤魔化(ごまか)してくれた。

「この時代では。僕のいた時代の銀座には、行ったことがあります。あまり……縁のない街でしたけど」

「縁のない街?」

「銀座は……なんとなく観光地というか。普通の買い物をするには、高価なものを扱っている店が多いし」

「そうか?」

並んで歩くと、改めて久城は背が高いと思う。百八十センチ近くありそうだから、この時代としては飛び抜けて長身だ。その上、姿勢がいいので、とても大きく見える。

「私の行きつけはほとんど銀座だが」

「……でしょうね」

久城は華族である。会社もいくつか経営しているし、病院も持っている。華族の中でも、きわめて経済状態はいい。

「でも、食事には少し早くないですか? まだ五時にもなっていませんよ?」

「当たり前だ」

あっさり言われてしまった。

「おまえを銀座に連れ出したのは、食事のためだけではない。おまえを連れて行きたい場所があるからだ」

目抜き通りから少し小路を入ると、趣のある小さな店が並んでいた。銀座に八百屋や魚屋があるのが新鮮だ。

〝へぇ……銀座にも庶民の生活があったんだ……〟

「ここだ」

小路を二つ入ったところで、久城が立ち止まった。

「え？」

慌てて立ち止まると、目の前にあったのは小さなテーラーだった。『村井洋装店』という看板が見える。

「ここは私の行きつけでね。私の洋装はすべてここで仕立てている」

久城はドアを開け、さっさと入っていった。

「来い、智実」

「は、はい」

後をついていくと、中は意外と狭い。よく見ると、奥の方が広くなっているらしい。店先は客を受け入れるところで、実際の縫製や採寸は奥の方で行っているとみえる。

「いらっしゃいませ、久城さま」

「また一着仕立ててもらいたい。やはり、仕立てはこの店でないとな」

「ありがとうございます」

奥から出てきた主人は、きれいに撫でつけた白髪ときちんと着込んだ洋装が似合うダンディな人物だった。

「それで、何をお仕立ていたしましょう。秋冬の新しい生地も入ってきておりますが」

「いや、今日は私ではない」

「はい？」

「今日は……この連れに洋装を一揃い仕立ててもらいたい」

トンッと前に押し出されて、智実は躓きそうになった。

「え……え？」

「今日は、ここで仕立てた私の若い頃のものを手直しして着せてきたが、やはりぴったりのものを着せたい。私よりもだいぶ華奢なのでな」

「失礼いたします」

主人はすっと前に出ると、ささっと智実の肩や背中に触れた。

「そう……ですね。久城さまの一高時代よりも細くていらっしゃる。久城さまは深い色味のどっしりとした生地がお似合いですが、こちらは明るい色味の軽やかなものがお似合いでしょう」

久城と智実をソファに招いておいて、主人は奥に入っていった。そして、すぐに生地見本を持って戻ってくる。

「スーツとウエストコート、シャツでよろしいでしょうか」

「ああ、そうだな……二着頼もうか」

「く、久城さんっ」

医者だった智実は、大学の医局に所属していた時、教授たちが仕立てのスーツの話をしているのを聞いたことがあった。シャツのお仕立て券というのも見たことがあって、その値段は知っている。

「そんな高価なもの……とても僕には……」

「智実、おまえは伸吾の教師だ」

久城がはっきりとした口調で言った。

「これから、公式の場にも出てもらうことになる。久城家の教師として、恥ずかしい格好はしてもらいたくない。これはおまえに対する報酬のうちだ」

「久城さん……」

「主人、この智実に似合いそうな生地を見繕ってくれ。主人の目は確かだ。任せる」

主人は頷いた。

「ようございます。このお若い紳士を最高に引き立てる洋装をお作りいたしましょう。スーツは三つ揃いではなく、ウエストコートだけ別の生地でお作りしてみたらいかがでしょう。洒落た感じになりますが」

「それだと、上着を脱いでもさまになるな。それを一着と、公式な場にも出られる三つ揃いにしてもらおうか」

主人はぱらぱらと生地見本をめくる。

「今年の秋冬ですと……このあたりがおすすめですが。明るい灰色に銀の細い縞が入っております。遠目には無地に見えますが、近くで見ると縞がわかる作りになっておりまして。これに……こちらの深い赤のウエストコートを合わせてみたらいかがでしょうか。若々しい感じでよろしいかと」

きょとんとしている智実を蚊帳の外に、主人と久城は次々に生地を決めていく。

「シャツは白を三枚でいいな。夏物はまたあとで作ればいい。今年作ったポーラは軽くてよかったぞ。背抜きはやはり涼しい」

「それはようございました。それでは、生地はこれで」

さらさらと注文票を書き、主人は立ち上がった。

「これ、峰子、久城さまにお茶をお持ちしないか。それでは、えーと……」

「あ、あの、桂木です。桂木智実と申します」

智実はようやく言葉を挟んだ。

「桂木さま、ご寸法を頂戴いたしますので、こちらへ。久城さま、しばしお待ちくださいませ」


採寸だけで、たっぷり三十分かかってしまった。

「二度目からは楽になる」

久城が笑っている。

「早めに銀座に出た意味がわかったか？」

「言ってくだされればよかったのに。驚きました」

登美の手では詰めきれなかった洋装の寸法を、村井洋装店の主人はさっと詰めてくれた。おかげで、今の智実は家を出た時よりもずっとすっきりとした姿になっている。

「やはり、智実は洋装が似合う。智実の時代では、洋装が普通なのだろう？」

「はい」

さすがは銀座で洋装の人が見られるが、まだまだ和服が多い。女性の着慣れた和服姿が美しい。モダンな洋装も素敵だ。

「和服を着る人は……やはり特別という感じですね。歌舞伎座とかには、たくさんいそうですけど」

「ほぉ……歌舞伎はまだあるのか」

「歌舞伎座が新しくなりました。ビルディングになっていますよ」

ガス燈の明かりを頼りに、ゆっくりと歩いていく。

「智実、昨夜は……その」

久城が低い声で言った。中折れ帽を片手で持って、すっと目深にかぶり直す。

「……悪かった」

「え……」

「いきなり、あんなことを言われても……智実は困るだろう？」

「え、いえ……」

耳が熱い。彼からふわりふわりと流れてくる白檀の香りに酔いそうだ。

「……今朝、伯父様からお母様のスケッチ……絵をいただいたと、伸吾くんがとても喜んでいました」

智実は小さな声で言う。

「……これからはお母様のことを聞いてもいいと言われたと……」

「智実に話してしまったら、なんだか吹っ切れた」

わずかに上を向いて、久城が言う。

「今まで、胸の中でずっとくすぶっていた熱く苦しいものがふっとなくなった気がした。今まで、誰にも言えなかった。誰に言っても……本当に理解してもらえるとは思わなかった。実際、千草のことは、当時大変な醜聞であったしな。誰に言っても、興味だけで聞かれることはわかっていた。だから……私が生まれた時から仕えてくれている宮本にさえ言えなかった」

「僕は……ただ聞いていただけです」

智実は密やかに言った。

「僕に言って……よかったのですか？」

「智実だから……言えたのかもしれぬ」

久城が言った。

「智実は……私にとって夢なのだ」

「夢……？」

久城が足を止めた。

「ちょうど時間だな」

「は、はい？」

煉瓦造りが印象的なレストラン。看板には『煉瓦亭』。ぽぉっと灯ったガス燈があたたかい光を投げかける。

「席を予約しておいた。ここも私の行きつけだ」

「洋食ですか？」

銀座で食事と言っていたから、料亭はあまり想像していなかったが。この時代に、これほどちゃんとした洋食のレストランがあるとは思ってもみなかった。

〝何か、レストランって、戦後っていうイメージが……〟

つくづく、自分は歴史に疎い。

「和食で育ったはずなのに、なぜか洋食の方が口に合う。智実もそうだろう？」

「僕はどちらでも。洋食も僕が食べてきたものと少し味が違うので、新鮮です」

「そうなのか？」

中はすっきりとした造りだった。シンプルな椅子とテーブル。豪華さはないが、あたたかな家庭的な雰囲気が漂う。赤いチェックのクロスがかかったテーブルに二人は案内された。

「なんだか可愛い……」

「ここの洋食は伸吾もお気に入りなんだ。なんでもうまい。何がいい？」

「えーと……」

メニューを見ると、智実もお馴染(なじ)みの料理が並んでいる。

「オムライス……ハヤシライス……カツレツっていうのは？」

「ポークカツレツは豚肉をフライにしたものだ」

「ああ……トンカツですね。じゃあ、僕はそれがいいです」

「私も同じものにしよう。ここのカツレツはうまい。ソースがうまいんだ」

「はい」

二人はポークカツレツを頼み、久城はパンを、智実はライスをつけた。

〝僕のいた時代なら……フランス料理を食べるような感覚かな……〟

店内は洋装姿の客が目立つ。その中でも、久城は目立つ。仕立てのよいスーツをすっきりと着こなし、その端麗な美貌もあって、水際だった存在だ。

「何を笑っている」

無意識にくすりと笑ってしまっていたのだろう。久城が不思議そうに智実を見た。

「いえ……久城さん、店中の視線を集めてるなと思って」

「そんなことはないだろう。見ているとしたら、私ではなくて、智実だろう」

「はい？」

何を言われているのかわからず、智実は首を傾げる。

「僕が……ですか？」

「なんだ、智実は自分で気づいていないのか？　智実はきれいだぞ」

「は、はい？」

カツレツが運ばれてきた。湯気を立てるカツレツはカリッと揚がっていて、おいしそうだ。ソースはさらりとしたものだ。

「さぁ、食べよう。熱いうちがおいしいぞ」

「はい」

ナイフがサクッと入る。ふわっと湯気が上がって、衣の中の肉はしっとり軟らかい。

「うわぁ……おいしそう」

ソースは馴染みのある甘いものではなく、さらさらとしたウスターソースだった。少しぴりっとくる辛みがカツによく合う。

「うまいだろう？」

満足そうな顔になったのか、久城が智実を見て言った。

「はい」

「智実は素直だな。伸吾並みだ」

「それ……褒めているんですか？」

「そのつもりだが」

なんだか、急に心が近づいたようだ。久城も智実もずっと孤独だった。久城は肉親の縁に薄く、両親も妹も亡くし、智実も両親に顧みられることなく育った。孤独な二つの魂はそっと心を触れ合わせ、手を取り合った。

「智実は……きれいだ」

カツレツを切りながら、久城がぼそりと低い声で言った。

「顔立ちもきれいだし……智実はいつも優しい空気をまとっている」

「そんな……」

そんなことを言われたのは初めてだった。智実に対する周囲の評価は、暗いとか無愛想とかいうものばかりで、きれいとか優しいとか……そんな印象とはほど遠い。

「智実は、相手が何を言ってほしいか、何をしてほしいかがすぐわかる。優しいからだ。相手のことを考えているからだ」

「いいえ……久城さん」

智実は少し笑った。

「それは違います。僕はただ、僕がしてほしかったことをしているだけなんです。自分がしてほしくて、してもらえなかったことをしているだけなんです」

「だから、優しいと言っている」

久城が重ねて言う。

「普通は、自分がしてもらえなかったことをしてやりたいなんて思わないだろう」

久城は健啖家らしく、おいしそうに食事を平らげていく。

「智実は思いやりがあるし、優しい。もっと自分に自信を持った方がいい」

「……」

人の病気を嗅ぎ当てる。時に死期をも嗅ぎ当てる。親にまで、薄気味の悪い子供として疎まれた智実にとって、それは初めて聞くあたたかな言葉だった。

「……これ、おいしいですね」

じんわりとにじむ視界をうつむくことで誤魔化しながら、智実は声を微かに震わせる。

「すごく……おいしいです」

屋敷の奥まったところに、久城の書斎はある。広い書斎にこぢんまりとした寝室がついている。

「もともと、この書斎は、書斎と小応接室だったんだ。それを私が引き継いだ時に、一つの部屋にした。応接室は一つあればいいからな」

智実の部屋の前まで来た時、おやすみなさいと言った智実に、久城は書斎に来ないかと誘ったのだ。

「熱い紅茶が飲みたい。宮本にいれてもらって、持ってきてくれ」

そう言われて、智実は宮本に頼んで、紅茶をいれてもらい、トレイにポットとカップをのせて、書斎に戻ってきた。

「煉瓦亭のカツレツ、おいしかったですけど、紅茶は家の方がおいしいですね」

書斎には、庭に向いたフランス窓があり、久城はそこを細く開けた。少し雨を含んだ涼しい風が吹き込んでくる。

「イギリスから取り寄せているからな。やはり、紅茶の本場のものはおいしい」

コトリとカップとポットを置き、智実はカップに紅茶を注ぐ。ふわっと立ちのぼる湯気はアールグレイの香り。

「智実、こっちに来い」

「はい……」

　ポットを置き、智実は窓辺に立つ久城の斜め後ろに立った。その智実の手を軽く摑み、久城は智実を自分の隣へと引き寄せた。

「そこ、見えるか？」

「え……？」

　久城が指差しているのは、庭の一角だった。カーテンを少し引いて、スタンドの明かりが届かないようにして、久城は智実の視線を誘う。

「その端の方だ。しぼんだ花がある」

「しぼんだ……？」

　よく見ると、確かにひっそりと花を終わらせた薄青の花びらがあった。その上をふわふわと蛍が舞っている。

「露草……ですか？」

「ああ。朝に咲いて、夜にはしぼんでしまう花だ」

「だから、今は咲いていないんですね？」

「あの色を千草色というらしい」

「千草……」

　それは、彼の妹の名前だった。

「儚く咲いて……儚く終わる。まるで……妹のようだ」

智実の手を握ったままの久城の手に、きゅっと力が込められた。

「妹の人生は、あの露草のようだった。ひっそりと咲いて、儚く消えていく……。あれは、私に何も言わず、一人で逝ってしまった。あれがそんなに苦しんでいると知っていたら……どんなことをしても連れ帰ったのに……っ」

「きっと……」

智実はそっとあたたかな手を握り返す。

「そういうあなただから、千草さんは……一人で逝ったのだと思います。僕はよくわかりませんが、華族同士の婚姻が上手くいかなかったら……大きな問題になるのでしょう？」

「千草以上に大事なものなんて、なかった……。私は亡くしてから、それに初めて気がついた……」

「千草さんも同じだったんだと思います。あなたが大事だったから、あなたに何も言えなかった。とった手段は哀しいものでしたが……責めないであげてください。あなたを愛していたんです」

儚くうつむいた露草が揺れる。涙のように夜露を散らしながら。

「おまえも」

彼がふっと手を伸ばしてきた。左手を智実と繋いだまま、右手で智実の頬に触れてくる。

「あの花のようだな……」

「え？」

頬を包んだ彼の手が優しい。手入れの行き届いた滑らかな指が、智実の頬を優しく撫でる。

「あの花のように、人知れず咲いて……ふっと儚く消えてしまいそうだ」

すっと手を解いて、彼が両手を広げる。そして、ふわりと智実を包み込むように抱きしめた。

「……っ」

「夢の中の人のようにふっと現れて……ふっと消えてしまいそうで、怖くなる」

「……久城さん……」

涼しく香る白檀。髪を撫でる大きく優しい手。

「消えるな、智実。このまま……消えないでくれ」

震える声。強く抱きしめる腕。智実は彼の背中にそっと両手を回す。すべすべと滑らかなウエストコートの背中を抱きしめる。

「それなら……消えないように、つかまえていてください」

「智実……」

「あなたがつかまえていてくれるなら……僕はどこにも行きません。このまま……つかまえていてください」

華奢な身体をきつく抱きしめて、震えるような声で懇願する人に、智実は囁く。

「僕も……あなたの傍にいたい。ずっと……あなたの傍にいたい……」

月を映す彼の瞳。漆黒の瞳に、銀の月が映っている。震える吐息が近づく。彼も智実の瞳をじっと見つめている。その中に何かが見えるかのように。

「……っ」

吐息が絡み合い、唇が重なった。どれほど言葉を重ねても、たった一度の口づけにはかなわない。

「智実……」

目を閉じた智実の目蓋(まぶた)に口づけ、額に口づけて、彼は囁く。

「今夜は……部屋に帰したくない」

とろけるように甘い囁き。いつもクールで理性的な人の潤んだ声に、智実は耳まで赤くして、固まってしまう。

「智実……？　嫌か……？」

髪を撫で、耳元に柔らかい囁きが吹き込まれる。

「私のものになるのは……嫌か？」

「え……？」

「私は……女を愛せぬ。結婚は終生しないつもりだ。誰かを愛したいという気持ちはあるが……女を愛したいと思ったことがない」

智実は軽く息を止めた。

「今まで、さまざまな女たちを紹介された。交際したこともある。しかし……愛せなかった」

彼は穏やかな口調で言う。

「一人でいることが長すぎたのかもしれない。……智実」

「はい……」

「こんな私では……嫌か……？」

すぐに頷いてしまいたい。この美しい孤高の人にずっと惹かれてきた。初めて会った時から、凛と強い瞳を持つこの人に憧れ続けてきた。こんなふうに、風に向かって立ち続けていられたら……たとえ命を狙われても、決して主張を曲げないこの人のように、自分の運命を受け入れて、強く生きていけたら。智実は、人間として、この人に強く惹かれてきた。男とか女とか、そんなことはどうでもよかった。ただ、この人の傍にいたかった。ただ。

「……僕で……いいのですか？」

愛するという感覚がわからない。人を愛したことがないから。

「智実……」

「僕は……何も持っていない。あなたに捧げるものを何も持っていない。そんな僕でも……あなたはいいのですか……？」

彼の心臓の音を聴きながら、智実は目を閉じて言う。

「おまえがいい」

彼がすぐに答える。まったくためらうこともなく。

「おまえでなければだめだ。私が唯一……心を奪われたおまえでなければ」

「どうして……どうして、あなたは……？」

「それは」

彼がふっと微かに笑った。

「言葉にしなければ駄目か？」

久城の寝室は、ベッドだけのシンプルな部屋だった。久城は部屋に入ると、外開きの窓を少しだけ開けた。吹き込む風にカーテンの裾が微かに揺れる。雨が少し吹き込んで、久城は窓を閉めた。

「今日は涼しいな……」

智実をベッドに座らせ、久城は窓辺で振り向いた。

「寒くないか？　智実」

「……いいえ」

そっとうつむくと、ふわっとベッドが沈む感触がした。久城がベッドに片手をついたのだ。智実の細い顎を軽く指先で持ち上げて、その瞳を覗き込む。

「私の方を見てはくれないのか？」

「いえ……」

顎にかかった指を外そうとすると、その手を優しく摑まれ、そのままふわりとベッドに倒された。

「あ……っ」

「服が皺になるぞ」

彼が少しおもしろそうに笑った。するりとジャケットの内側に手を入れて、ウエストコートとシャツのボタンを外す。

「あ、あの……っ」

どうして、片手でこんなに器用にボタンを外せるのだろう。その疑問符が顔に浮かんだのか、彼がくすっと笑った。

「もともと私の服だ。ボタンくらい、簡単に外せる」

そういえば、今着ている服は彼のお下がりだった。あちこち詰めてもらっても、まだ大きめだ。するりと肩からシャツごと滑り落ちる。

「待って……っ」

「待たない」

さらりと答えが返ってくる。

「おまえは私のものだ。おまえも嫌ではないだろう？」

高飛車で甘い言葉を投げかけられ、答えに詰まる。彼は、生まれて初めて、智実を求めてくれた人だ。拒絶することは選択肢の中にない。ただ、少し心がついていかない。

「少しだけ……待ってください……」

着衣の中から抱き上げられながら、智実は囁く。

「ほんの……少しだけでいいから」

「じゃあ……口づけ一度分だ」

さらりとシャツとジャケット、ウエストコートがベッドの下に滑り落ちる。抱き寄せられて、唇が重なる。

「……っ」

さっきの口づけよりもずっと深く、甘い。吐息をすべて奪われるような、激しい口づけだ。彼の肩に回していた智実の手がパタリと落ちる。頭の芯がふらふらする。素肌のまま、ベッドに沈められるまで、その口づけは解かれなかった。

「……もういいか？」

彼の肩からもシャツが滑る。色は白いが、しっかりと筋肉ののった胸が覗く。彼の体温を感じながら、智実は目を閉じた。大きく優しい手が智実の滑らかな肌を愛撫する。

「……ええ」

彼の手に撫でられるのは好きだと思った。智実の素肌は人の体温を知らない。誰からも触れられたことのない無垢な素肌を、彼の優しい手があたためていく。

「智実の肌は……きれいだな」

薄闇に映える白い肌。滑らかで柔らかい肌がふわりと桜色に染まっていく。

「あ……っ」

彼の唇が智実の首筋に埋められた。耳の下に口づけられると、ひくりと喉が鳴った。

「可愛いな……智実」

智実の胸の小さなつぼみがぷくりと膨らむ。そのつぼみを彼の指がいたずらに弾いた。

「あ……っ！」

ひくりと肩が震え、その震えが指先にまで伝わる。

「智実は……ここが好きなのか……？」

尖り立った乳首に彼の指が絡んだ。やわやわと揉みしだかれて、声が高くなる。

「あ……ああ……ん……っ」

「可愛い声だ……智実、もっと……声を上げろ」

「い……いや……あ、ああ……っ！」

細い腰から小さな尻を撫でさすりながら、彼が智実の乳首を軽く吸う。彼の髪を抱きしめて、智実は甘い声を上げる。

「ああ……ん……っ」

恥ずかしい。こんなに甘く高い声を上げてしまって、恥ずかしくて仕方がないのに、声は抑えられない。

「いや……いやぁ……ん……」

「嫌じゃないだろう？」

彼の指が智実の柔らかな草むらを分ける。その中にある目覚め始めたものを軽く指先で撫で、とろとろと溢れ始めた雫をすくった。

「こんなに……溢れてきている……」

自分の身体がどうなってしまっているのかわからない。感じるはずもないと思っているのに、いつも柔らかい乳首はぷっくりと膨らんで、彼の口づけに震え、指先で撫でさすられているものは、とろとろと雫をこぼしながら、固く実り始めている。

「あ……ん……ん……」

「声を抑えなくていい。誰にも……聞こえない。智実の可愛い声は」

彼の囁きは滴るように甘く、蜜のように語尾がとろける。

「智実……」

名前を呼ばれると同時に、唇をふさがれた。差し入れられた舌先に、智実は夢中で舌を絡める。愛撫で目覚めた身体は、快感を探す方向に勝手に動いていく。

「ん……う……うん……」

彼の背中を抱き、口づけを受けながら、ぎこちなく足を開いて、彼の手を深く受け入れ

る。彼の器用な指はふるふると震える智実の果実からさらに奥に進んでいた。柔らかく濡れた草むらを分け、そのずっと奥に眠る花びらの縁を撫でている。

「何を……」

彼の指先を感じながら、智実は舌足らずな口調で尋ねる。

「何を……するの……」

「智実が……ほしい」

彼が熱く潤んだ声で囁く。

「智実がほしい……智実の何もかもが……ほしい」

「あ……っ」

彼の指が花びらを開く。とろとろとこぼれる蜜を絡めて、彼の細い指が花びらを暴いていく。

「智実……足を開け……」

「あ……だめ……っ」

ベッドに深く沈められ、両足を大きく広げられる。とろりと白く霞(かすみ)のかかった頭では、何も考えられない。どんな恥ずかしい姿にされているかもわからない。

「智実……ほしい……」

彼が耳元で強く囁く。甘い吐息とともに、掠れた声を吹き込んでくる。

「智実が……ほしくてたまらない……」

「あ……っ」

熱い楔（くさび）が智実の花びらに触れた。やけどしそうに熱いものが無垢な花びらを散らす。

「ああ……っ！」

小さな尻を抱き上げられ、強く揉みしだかれながら、楔が花びらを破る。

「ああ……ん……っ！」

高く放たれる悲鳴。引き裂くような痛みに耐えきれず、智実は声を振り絞る。生理的な涙がこぼれ、彼の肩に回した手がぎゅっと握りしめられる。

「智実……初めて……か？」

こくりと頷く。誰とも肌を合わせたことなどない。凄（すさ）まじい痛みに引き裂かれて、涙が自然にこぼれる。

「……すまない……でも」

彼が少し苦しそうに笑う。

「もう止められない……智実……」

「ああ……っ！」

ぐいと揺すり上げられる。熱い高まりがずるりと体内に食い込んでくる。

「いやぁ……っ！」

「智実……きつ……」

「あ……ああ……ん……っ！」

きつく抱かれ、強く腰を打ちつけられて、智実はまた叫び声を上げる。しかし、その最後の雫が微かに甘かったことに、彼は気づいてしまったようだ。

「智実……」

「あ……あ……あ……っ」

ひくひくと腰が震える。身体の奥から熱い疼（うず）きが這（は）い上り、頭を真っ白にしていく。

「ああ……ああ……ああ……ん……っ」

とろとろとこぼれ続ける雫。ふるふると震える甘い果実。彼の唇を求める、微かに開いた口づけを誘う唇。

「智実……いい……のか……」

身体の反応でわかったのだろう。彼が囁いた。

「智実……」

「……もっと……き……て……ください……」

ひくひくと喉を震わせながら、智実は喘ぐ。

「身体が……熱……い……の」

「ああ……私もだ……」

強く引き寄せられて、智実は身体をしならせる。身体の奥にある熱い泉が一気に溢れだしたようだった。全身の素肌が燃えるように熱くて、身体の置きどころがない。

「熱い……ああ……熱い……あなたが……熱い……」

身体の奥に打ち込まれた楔をきつく締めつけて、智実は腰をよじる。

「熱い……の……ああ……ああ……ん……っ！」

幾度も腰を打ちつけられて、智実は仰け反る。きつく抱かれ、突き上げられて、智実は苦痛から悦びの声に変わった甘い悲鳴を上げる。

「ああ……ああ……ん……っ！　ああ……ん……っ！」

「智実……智実……っ」

「ああ……ん……っ！　い……いい……」

自分が何を口走っているのか、まったくわからない。ただ、身体が感じるままに声を上げる。

「い……いい……気持ち……い……い……」

「ああ……智実……っ」

「あ……ああ……っ！　あ……っ、あ……っ、あ……っ！」

彼の背中に指を食い込ませて、腰を震わせる。

「智実……いいぞ……智実……っ」

激しく腰を打ちつけられ、揺さぶられて、智実は彼をきつく抱きしめる。離したくない。離れたくないと、彼を抱く。

「離さないで……このまま……このまま……っ」

「ああ……離さないぞ……」

彼の熱い吐息。熱いまなざし。智実の体内に食い込み、蹂躙（じゅうりん）する熱い高まり。

「おまえを……離さない……っ」

「……ああ……っ！」

身体の奥から溢れる熱い雫が、太股（ふともも）を濡らす。息を弾ませて、ふわりと覆いかぶさってきた甘い体温を抱きしめる。

「愛して……」

彼が優しく、今までにないほど優しく言った。

「愛して……いる」

ゆらゆらと揺れる明るい光に目蓋を貫かれて、智実はゆっくりと目を開けた。

「もう、目を覚ましたのか」

低い声がすぐ傍で聞こえた。

「……え……」

ズボンをはき、シャツを羽織っただけの姿で、久城がベッドに座って、智実を見下ろしていた。

「おはよう、智実」

「おはよう……ございます……」

起き上がろうとして、智実は自分が何も着ていないことに気づいた。

〝わ……っ〟

慌てて、毛布を引っ張り上げる。久城が笑っている。

「今さら、何を恥ずかしがっている」

「だ、だって……っ」

「仕方ないな」

久城が寝室の隅にある物入れから、浴衣を出してくれた。智実はそれをもそもそと着込み、ふっと息をついて、ベッドに座った。身体の奥が少し怠い。間違いなく、昨夜、久城と愛し合ったのだ。恥ずかしくて、思わず目を伏せる。

「……智実」

久城が軽く智実の顎に指をかけ、唇に口づけた。

「……後悔しているのか」

「……いいえ」

抱き寄せてくれる彼の腕に身を任せて、智実は首を横に振る。

「後悔なんてしていません。だって……」

微かな声で、しかしはっきりと言う。

「あなたを……愛してしまったから……」

孤独な魂は引き合った。奇跡のように百年の時を超えて。

彼に抱きしめられながら、智実はぽつりとつぶやいた。

「あなたを愛してしまったから……僕はずっとここに……いたいと思ってしまった。ずっと……あなたの傍に」

「いればいい」

彼は間髪入れずに応(こた)える。

「ずっとここにいればいい。私がおまえを守ってやる。誰からも、どんなものからもおまえを守る。おまえは……私のものだ」

「でも」

智実は彼の胸に寄りかかりながら言った。彼の素肌から、ふわっと白檀が香る。懐かしく甘く、爽(さわ)やかな……彼によく似合う香り。

「僕は、本来ここにいるはずのない人間です。このまま……ずっとこのまま、僕がここにいたら……未来の僕はどうなるんでしょう。いえ、それより……今、未来の僕はどうしているんでしょう……」

「それはおまえが考えなくてもいいことだ」

馬鹿だなと軽く額を合わせて、久城が微笑んだ。

「おまえはこのまま、ここにいればいい。未来のことは誰にもわからない。神がおまえを私の傍に遣わしたんだ。今、目の前にある事実はそれだけだ。それを受け止めればいいだけだ」

「久城……さん」

「智実」

再び智実を抱きしめて、久城は言った。

「この部屋では、その呼び方はやめろ」

「え……？」

「私の名前は知っているな？」

「は、はい……」

「じゃあ、呼んでみろ」

「えと……」

智実は少しためらってから、小さな声で名前を呼んだ。

「……文憲……さん……」

「智実」

久城が幸せそうに笑う。前髪が少し乱れ、シャツ一枚の姿の彼は、いつもよりずっとずっと若く見えた。青年らしいはにかんだ笑顔を、智実はまぶしく見つめる。

〝この人が……僕の愛している人……〟

僕はもう振り返らない。僕はここで生きていく。流されるのでなく、自分で選んで。僕はこの世界で生きていく。

「今日は休まなくても、大丈夫か？　だいぶ……無理をさせてしまったが」

優しく髪を撫でられて、智実はくすっと笑い、首を横に振った。

「……大丈夫です。……文憲さんも退院なさったので、今日から病院の方に出ます」

「ああ、そうだな。区切りもいいいし。私も会社の方に顔を出そう」

二人が見上げた暦は大正十二年九月一日。

「さ、着替えてくるといい。朝食は伸吾と三人で摂ろう」

「はい」

夏休みが終わった、穏やかな朝であった。

ACT 8

その日は昨夜からの雨が止み、日が射し始めた穏やかな朝だった。

「全部自分で持てる？」

夏休みの宿題を風呂敷で包んでもらい、よいしょと抱え上げた伸吾は、にっこりとして頷いた。

「大丈夫だよ。智実先生も今日は病院に行かれるの？」

「うん、久城さんもよくなったしね。今日から、伸吾くんも学校だし」

「僕、学校が大好きだよ」

伸吾がにこにこと言った。

「先生がいらしてから、うんと勉強がよくわかるようになって、なおさら学校が好きになったよ」

「伸吾、忘れ物はないか」

前に立って歩いていた久城が振り向いた。

「せっかく宿題をしても、忘れていったら意味がないぞ」

「はい、大丈夫です」

伸吾は元気よく答えた。

「伯父様もお忘れ物はないですか？　久しぶりのお出かけなのですから」

元気に言い返されて、久城は声を立てて笑った。

「お、言うようになったな。智実の影響か？」

「そ、そんなことはありません」

後ろを歩いている宮本が笑いをこらえている。

「……伸吾さまもすっかり大人になられましたな、旦那様」

「そうだな。いいことだ」

門の前で、智実と伸吾は歩いて、久城は車に乗って出かける。

「伯父様、行ってらっしゃいませ」

「行ってらっしゃいませ」

智実も、伸吾や宮本と並んで、軽く頭を下げる。

「行って……らっしゃいませ」

視線を合わせると、久城は微かに微笑んだ。

「今日は早く帰る」

「はい、旦那様」

宮本が答えた。智実も頷く。

「行ってくる」

車の窓が閉まり、ゆっくりと走り出した。

「伸吾くん、行こうか」

「はい」

左に行った車に背を向けて、智実と伸吾は手を繋ぎ、小学校に向かって歩き出した。


智実は壁にかかっている時計を見上げた。

〝もうじきお昼か……〟

患者はなかなか切れない。

「桂木先生が久しぶりにお出になるのを、患者さんたち知っていたみたいですね」

看護婦が笑っている。

「今日はすごく混んでます」

智実は患者のさばきが早い。入ってきた時点で、ある程度の判断がついてしまうからだ。それでも、答え合わせのような問診は決して省かない。

〝話すことで、患者さんは安心するところもあるんだ……〟

この時代に来るまで、智実はなかなかそのことに気づけなかった。診断がつけばいいと思っているところがあった。わかっているのに、どうして余計なことに時間をとられなければならないのかわからないところがあった。

〝だから……僕は認められなかったんだ……〟

自分が必要以上に嫌われた理由が、智実は少しずつわかり始めていた。

〝わかればいいっていうもんじゃなかったんだ〟

説得力ということを、智実は忘れていた。自分さえわかればいい。誰にも理解してもらおうとは思わない。そんな頑(かたく)なだった自分に気づけた。

「頑張って、午前中を終わらせましょう」

智実は言った。

「患者さんもお腹が空(す)いているでしょうから、早く診て差し上げないと……」

智実が言いかけた時だった。下からドンっと突き上げるような衝撃が襲った。

〝え……っ〟

一瞬置いて、激しい横揺れが始まった。

「きゃあっ！」

看護婦が悲鳴を上げる。

「お、落ち着いて……っ」

凄まじい揺れだった。縦横に揺れ、歩くどころか立っていることもできない。地面が大きく波打っているようだった。窓ガラスが次々に割れ、戸棚が倒れてくる。

「危ない……っ」

智実はとっさに患者をかばい、床に膝をついた。

「窓から……離れて……っ」

〝これって……っ〟

大正時代の東京の大地震といえば、関東大震災しかない。

〝大変だ……っ〟

関東大震災。死者十万余名を出した、大災害である。そして、この災害の特徴は火災だった。折からの強い風に煽られ、お昼時の台所から出た火が次々と延焼し、街は火の海になった。

「棚が倒れる……っ！　気をつけてっ」

ゆっくりとした大きな揺れが続く。

〝早く……おさまって……っ〟

このまま揺れが続いたら、いくら新しい建築でしっかりしているこの病院でも保たない。

〝早く……っ〟

「壁が……崩れる……っ」

「患者さんを外に……っ！　中は危ないから……っ」

智実は必死に叫ぶ。

「病院が崩れる前に……外へ……っ！」


地震がおさまったのは、智実が患者たちを助けながら、ようやく病院の外に出た頃だった。

「……ひどい……」

木造建築だった病院はかろうじて倒壊を逃れていたが、壁があちこち崩れ、原形をとどめてはいなかった。周囲の建物で、比較的新しく煉瓦造りだったものは一瞬にして倒壊し、あるのは瓦礫の山だけだった。木々が横倒しになり、ひっくり返っている車もある。火事もすでに出ていた。病院の近くでは出火していないようだったが、遠くに幾筋もの煙が見える。

「桂木先生っ！」

院長が飛んできた。

「ご、ご無事でしたかっ！」

「院長、すぐに医薬品をできるだけ外に。けがをした人たちの応急手当てを」

「桂木先生」

外科の益岡が走ってきた。後ろから、患者を抱えた看護婦たちが続いて出てくる。

「これはひどいな……」

周囲を見回して、益岡はため息をついた。

「よくうちは倒壊しなかったものだ……」

「……案外、木造建築は地震に強いんです」

智実は低くつぶやいた。

「ただ……火災が怖い。確か関東大震災は火災が元で亡くなった方が多かったはず……」

「桂木先生？」

「え、いえっ」

智実は慌てて首を横に振った。

「と、とにかく、患者さんたちの手当てを。これから、ここを目指してくる方もいらっしゃるはずですから」

「よ、よしっ、すぐに準備しよう。おーいっ！　ちょっと来てくれっ」

益岡が若い医師たちや看護婦を集めて、院内に戻っていく。

「先生っ！　倒壊に気をつけてっ！　二階にはできるだけ上がられないようにっ！」

「わかった」

次々に医薬品や包帯が届き、智実は医師としての仕事に没頭した。


「桂木先生」

院内外の患者のけがを手当てし、院内で無事と思われる場所を確認しているうちに、あっという間に日は傾き始めていた。

「桂木先生、お宅の方は……」

益岡が近づいてきて言った。白衣は土埃（つちぼこり）と血で汚れている。顔も埃だらけだ。

「理事長のお宅は……」

ずっと気になっていた。何度も屋敷の方を見た。煙が上がるたびに、傷病者が運び込まれるたびに、久城ではないか、伸吾ではないかと不安になった。しかし、ここでの智実は医師だ。戦場となっている職場を投げ出すことはできなかった。

「……わかりません」

「ここは、私たちで大丈夫です。休みを取っていた医者も出てきてくれましたから。桂木先生、理事長のご無事を確認してください。まだ、おけがも完全に癒えているとは言えないのですから……」

「でも……っ」

傷病者はどんどん運び込まれている。ここを放棄していいのだろうか。

「理事長のご無事を確認されてからで、ここは大丈夫です。今は理事長のご無事が一番大切です」

「……わかりました」

智実は白衣を脱いだ。

「それでは……お言葉に甘えます。久城さんと伸吾くんの無事を確認したら、すぐに戻ってきますから……っ」

智実はさっと頭を下げると、混乱の中へと走り出した。

いつもなら、歩いて三十分ほどの道のりだったが、周囲の建物が崩れ、道が道でない状態になっていて、智実の足はしばしば止まった。火が出ているところもあり、迂回(うかい)しているうちに、道に迷いそうになる。

「日が暮れる前に戻らなきゃ……」

日のある状態でも道に迷いそうなのだ。日が落ちてしまったら、このあたりは真の闇になる。薄い靴底はガラスに傷つけられていた。釘(くぎ)を踏み抜かないよう気をつけながら歩くので、なかなか歩は進まない。

〝早く……っ〟

鬱蒼(うっそう)とした森が見えてきて、智実はほっとした。このあたりは屋敷町だが、森といえるほどの木立があるのは、久城家の屋敷だけだ。しかし、そこに火の手を見て、智実は倒れそうになった。

「火事……っ」

思わず走り出すが、瓦礫の転がる道が行く手を阻む。

「……文憲さん……っ！」

思わず叫んでしまう。

「文憲さん……っ！」

「……桂木先生……っ！」

屋敷の方から走ってきたのは、運転手の達川だった。

「桂木先生、ご無事でしたか……っ」

「達川さん……」

智実は座り込みそうになっていた。

「お屋敷のみんなは……無事ですか……」

「はい。しかし、まだ旦那様が……」

「え……っ」

達川が倒れ込みそうになった智実を支える。

「電話も通じず、どちらにいらっしゃるのかわからないのです。お送りした会社までは書生がたどり着いたのですが、すでに別の会社に移動なさっていて、どちらにいらっしゃるのか……」

携帯電話もないこの時代に、外を出歩いている人間に連絡を取る方法はなかった。

「伸吾くんは……」

助け起こされ、智実は歩き出した。

「仲吾くんは無事なんですか」

「はい。小学校で被災されましたが、書生と女中が迎えに参りまして、ご無事です」

「達川さん……っ！」

書生が走ってきた。

「大変です！　隣の鈴川さまのお屋敷に火の手が……っ」

「何……っ」

智実の不安は的中していた。やはり、住宅街では火の手が上がり、次々に延焼していたのだ。とても、消防など間に合わないだろう。火は消されることもなく、どんどん延焼しているはずだ。

「仲吾くん……っ」

智実は屋敷に向かって走り出した。

「桂木先生っ」

屋敷の前に宮本がいた。その傍に仲吾の姿も見える。ほっとする間もなく、信じられないほど遠くで上がった火の手が時間を経て、久城邸に近づいていた。右隣の鈴川邸との間には、運悪く木立もない。あっという間に、火は久城邸へと引火した。和洋折衷の久城邸は一部木造である。その部分に火がついたのだ。

「僕の……部屋……」

伸吾が呆然と立ち尽くしている。

「僕のお部屋が……」

木造部分には、伸吾と智実の部屋がある。

「伸吾くん……」

「あ……っ」

唐突に伸吾が走り出した。

「伸吾くん……っ！」

「伸吾さま……っ！」

「お母様の画帳が……っ！」

叫ぶと、伸吾は火が舐め始めている邸内に駆け込んでいってしまった。

「伸吾くん……っ！」

智実もすぐに後を追った。

「桂木先生……っ！」

火の手は思った以上に早く回っていた。智実が伸吾を追って中に入った時は、すでに木造部分のかなりが焼け落ちていた。

「伸吾くん……っ!」

伸吾は迷うことなく、自分の部屋に向かっていく。そこは火が舐めるぎりぎりの場所だった。伸吾は部屋の中に駆け込み、机の引き出しを開けて、千草の画帳を取り出す。

「早くっ!」

伸吾の腕を摑んで、智実は走り出す。

「せ、先生っ!」

伸吾が煙を吸い込んで咳き込む。この子は気管支が弱い。風邪をひくと長引き、咳が続く子だ。思わず、胸を押さえて立ち止まってしまう。

「伸吾くん、早くっ、早く逃げないと……っ!」

伸吾を抱き上げ、走り出そうとする智実の前に、柱が焼け落ちてきた。行く手を阻まれてしまう。

「……っ!」

柱に直撃されるぎりぎりのところで踏みとどまり、智実は立ち尽くす。この柱を越えれば、まだ火が延焼していないところに行き着ける。

「伸吾くん……」

智実も咳き込んでしまう。火の熱さはものすごい。しかし、ここを越えなければ。

「しっかり……摑まっているんだよ……っ」

そして、火の柱を越えようとした時、上から別の柱が崩れ落ちてきた。

「だめだ……っ！」

とっさに伸吾をかばう。頭と肩に強い衝撃。

〝文憲さん……っ！〟

その瞬間、智実の意識はふつりと途切れた。

どこかに身体が引っ張られていく。凄まじく強い力で、渦の中に引きずり込まれようとしている。目を開けていても、何も見えない。闇の中で、ただ強い力に身体が引きずられていく。

〝ああ……そうか……〟

智実はぼんやりと考えていた。

〝僕は……トラックにはねられて、この世界に来たんだ……〟

今また、智実は命に関わる衝撃を受けた。

〝また……戻ってしまうのか……〟

智実を受け入れない世界に。智実も受け入れられない世界に。

「……戻りたいのか」

誰？

「戻ってほしくない。私は戻ってほしくない。智実」

誰の声。揺るぎなく強い声。思わず伸ばした智実の腕を強い力が引いた。

〝あ……っ〟

渦の力と、誰かの腕の力が拮抗する。智実はその腕にすがる。

「戻りたくない……っ」

智実を拒絶した世界にはもう二度と。

「行くな、智実……っ！」

誰かの声が、渦のぎりぎりまで近づいていた智実の身体を引き戻した。

ぼんやりと目を開けると、そこはクロス張りの天井だった。

「ここ……は……」

「智実」

ゆるゆると視線を動かすと、そこには自分を真っ直ぐに見つめる強い瞳があった。彼の瞳の中に、青白い顔をした自分が映っている。

「智実、気がついたか」

「久城」

思わず智実を揺すろうとした久城を押しとどめたのは、彼の親友である友井だった。

「智実……」

久城は糸が切れた人形のように、どさりとベッドサイドの椅子に座った。

「よかった……智実……」

「文憲さん……」

智実はそっと手を伸ばした。包帯だらけの手に、自分でびっくりする。久城もそっと手を伸ばし、大切な宝物を扱うように、智実の手を握りしめた。

「智実……帰ってきてくれたのだな……」

「はい……」

この人が引き戻してくれた。時間の渦にまた巻き込まれようとした智実を、この世界に引き留めてくれた。

「いやぁ、びっくりしたよ」

友井が落ち着いた声で言った。

「銀座で、こいつとカフェーにいたら、いきなりの大地震だろう？　命からがら瓦礫を押しのけて逃げて……」

「文憲さん……ご無事だったのですか？　おけがは……」

跳ね起きようとする智実を、久城が笑って押しとどめた。

「大したことはない。こいつが大げさに言っているだけだ。出口近くの席にいたから、すぐに外に飛び出した。そういえば、紅茶代は踏み倒してしまったな」

「あとで払いに行けばいいさ。店があればな」

友井はいつもマイペースなようだ。智実も笑いそうになってしまう。

「いたた……」

「おい、智実、おまえぼろぼろなんだぞ。おとなしく寝ていろ」

「ぼろぼろって……」

こほこほと咳き込むと身体中が軋むように痛んだ。ふと、記憶が巻き戻される。そういえば……ここに初めて現れた日もそうだったと。そして、改めて思う。自分は危うく時間の渦にまた巻き込まれるところだったのだ。そして、そこから引き戻してくれたのが、久城の強い声であり、強い腕だった。

「こいつが大けがしそうになったのは、ここに戻ってからだよ、桂木くん」

友井がのんびりと言った。

「銀座から六時間かけて戻ってきたら、家に火がついている。その上、中に伸吾くんと桂木くんがいるという。井戸の水を頭からかぶって、中に飛び込んでいきやがった」

「え……っ」

「屋敷の木造部分が崩れ落ちる寸前に、こいつが桂木くんを抱き、伸吾くんを背負って、出てきた。その直後に屋敷は半壊した。まったく……悪運の強い奴だ」

「文憲さん……」

久城が智実の目をしっかりと見ながら頷く。

「中に入ったら、泣きじゃくっている伸吾をかばって、おまえが柱の下敷きになっていた。夢中で柱に挟まっているおまえの足を引き抜いて、伸吾を負ぶい、おまえを抱いて飛び出した。火事場の馬鹿力とはよくいったものだ」

「伸吾くんは……」

智実は起き上がろうとしながら言った。

「伸吾くんは無事だったんですか……っ」

「ああ、おまえがかばってくれたので、かすり傷と少しやけどをしただけだ。お登美がついてくれて、今休んでいる」

と、ぴしりと家鳴りがした。ぐらぐらと床が天井が揺れる。

〝余震だ……〟

「なかなかおさまらないな。こうぐらぐらきたんじゃ、家にも帰れない」

友井がのほほんと言う。

「何が帰れないだ。たった一町ほどしか離れていないじゃないか。木造部分が焼け落ちたんだから、いくらうちでも、おまえを置いておく場所はないぞ」

久城が嫌な顔をしている。智実は吹き出しそうになった。クールなこの人も、幼なじみの前では、子供のような顔になると思う。

〝この人のもっといろいろな顔を知りたい……もっと……〟

「木造部分が焼け落ちたって……」

「ああ。木造部分を焼いたところで風向きが変わって、それ以上延焼せずにすんだんだ。煉瓦造りの部分も運良く地震で崩れ落ちなかった。離れも焼け残ったから、おまえと伸吾、私は離れに移った。使用人たちはいったん無事だった会社と病院に泊まってもらう。本館も近いうちに調べてもらって、住めるかどうかを判断してもらわねばな。煉瓦造りの建物は、今日の地震でかなり崩れたと聞いているから」

「え、ええ……病院の隣にあった洋館も崩れていました」

　智実は少し震えながら言った。

「すごい……地震だった」

「縦横に滅茶苦茶（めちゃくちゃ）に揺さぶられたよね」

　友井が言った。

「さぁて、僕は本館のゲストルームにでも泊めてもらおうかな」

「崩れ落ちても知らないぞ」

　久城が部屋を出ていこうとした友井に言った。友井はふふんと笑う。

「冗談だよ。超和風の家に帰ることにする。留守にしているうちに、火が出ても困るから」

　智実にじゃあねと手を上げて、友井は出ていった。

「いい……ご友人ですね」

　智実はくすっと笑いながら言った。

「ああ……あいつがいてくれたから、六時間かけても、ここにたどり着くことができた。私一人だったら……たぶん耐えきれなかった」

久城が目を閉じる。

「ひどい……光景だった。何もかもが崩れて……道なのか、建物の跡なのかわからなくなっていて……火事も信じられないほどあちこちで起こっていた。行き場をなくした人々がふらふらとさまよっていて……地獄のようだった」

「……ええ」

病院に逃げてきた人々もみな着の身着のままだった。火事から命からがら逃げ出した人もいた。みな、突然日常を奪われて、呆然としていた。

「文憲さん……本当に……大丈夫なんですか？　六時間もあのひどい中を歩いた後、水をかぶって、火事に飛び込んだって……」

「智実」

久城が笑う。

「私から、死の匂いはするか？」

「え……？」

智実はぼんやりと久城を見る。

「文憲さん……？」

「おまえは病の匂いがわかるのだろう？　私に死に至る匂いはするか？」

「……」

久城は智実の頰に軽く口づける。

「どうだ？　智実」

「……白檀の香り」

智実は手を伸ばし、久城の頰に手を触れた。

「涼しい……白檀の香りがします。それ以外の香りは……しません」

強いこの人から、死の匂いはしない。

〝大丈夫だ……この人は……大丈夫〟

「こら、智実」

自分の頰を包む智実の手を握って、久城が目を細めて微笑んだ。

「何を泣いている」

「え……」

気がつくと、頰を涙が伝っていた。自分でもびっくりするほどの量だ。後から後から涙が溢れ、頰を濡らし、枕(まくら)を濡らす。

「……わかりま……せん……」

泣いているつもりはないのに、しゃくり上げてしまう。

「ただ……あなたが……ここにいてくださるのが嬉しくて……」

「それは……私も同じだ」

久城が囁いた。

「……夢を見た」

「え……?」

「ここで、おまえが目覚めるのを待ちながら……うたた寝をしていたらしい。夢の中で……私はおまえの手を摑んでいた。戻るな……戻るんじゃないと叫びながら」

〝確かに……確かに、あなたが引き戻してくれた……〟

「二度と……」

目を閉じて、唇に口づけを受ける。

「二度と……離さない。おまえは……私のものなのだからな」

「はい……」

こんな夜でも、虫の音は変わらない。涼しげな秋の虫の音を聴いて、智実は彼と口づけを交わす。

二度と離れない……。

あなたも僕のものなのだから。


十月に入って、少しずつ東京は動き始めていた。ゆっくりとだが、瓦礫は片付けられ、新しい家を建てる槌音(つちおと)も響き始めている。

その人物が久城家を訪れたのは、十月も半ばになった午後だった。

「……失礼します」

半焼した久城邸は、消失した部分をのぞいて、住むのには問題なしとして、すでに本館での生活が始まっていた。しかし、智実と伸吾の部屋がなくなってしまったので、伸吾はこれを機会にと離れに移り、智実の部屋もそこに用意された。その離れに、宮本が呼びに来たのである。

「おお、来たか、智実」

応接室に入っていくと、そこに座っていたのは小柄な村井洋装店の店主だった。

「ご店主、ご無事でしたか」

思わず言った智実に、店主ははいと頷いた。

「おかげさまで。店は壊れてしまいましたが、自宅の方は残りました。しかし、作業場が半壊してしまったので、これを機に……田舎に戻ろうと思っております」

「え……」

「私も年をとりました」

白髪の店主は柔和に微笑んだ。

「銀座で店を張るのに、少し疲れました。私は長野の出でして、妻もついてきてくれるというので、田舎に引っ込んで静かに暮らすつもりです」

「ご店主がいてくださらないと、私はこれから誰に洋装を頼めばいいのだ」

久城が腕を組んで言った。

「ご店主には、父の頃からお世話になっている。困るではないか」

「同じ銀座に、私からのれんを分けた者がおります。まだ若いですが、腕はしっかりしております。よろしければ、採寸表を譲りますが」

「……考えておこう」

智実は、久城に隣に座れと目顔で言われて、素直に座った。

「あの……今日は」

智実が言うと、店主はそうそうと脇(わき)に置いていた風呂敷包みを解いた。

「東京を離れる前に、最後に承ったご注文を届けて回っております。こちらが……最後になりました」

差し出されたのは、明るいグレイのスーツと深い赤のウエストコート、白いシャツが三枚。そして、濃紺の三つ揃い。

「これ……僕の……」

「作業場は半壊しましたが、金属の箱に入れていた採寸表と裁断済みの生地は無事でした。自宅の方に仮の作業場を作って、そこで仕上げました。よろしかったら、ご試着を」

「智実」

びっくりしている智実に、久城が促した。

「隣の部屋で着替えてこい」

「あ、はい……あの……ありがとうございます」

「そのお言葉はご試着いただいてからいただきます。お気に召すとよろしいのですが」

明るい色のスーツは華奢な智実の身体にぴったりだった。深紅のウエストコートが映えて、とても洒落た感じだ。久城が選び出した赤の入ったレジメンタルタイを結ぶと、紳士が出来上がった。

「よくお似合いでございます」

店主が慇懃に言った。

「きついところやゆるいところはないでしょうか」

手縫いで丁寧に仕上げられたスーツは、びっくりするほど着心地がよかった。今まで智実が着てきた吊るしのスーツなど、同じ服とは思えないほどだ。

「すごく着心地がいいです。ぴったりです」

智実が言うと、店主はにっこりと微笑んだ。

「それはようございました。最後にいい仕事をさせていただきました」

「よく似合うぞ、智実。できるなら、来年の春夏の分もご主人に仕立ててほしかったが、仕方があるまい。よい仕事をしてくれた」

久城が言った。

「長野でも達者に暮らしてくれ。東京に来た時は、いつでも訪ねてくるといい」

「ありがとうございます。もったいないお言葉でございます」

年老いた店主は目に涙を浮かべて、頷いていた。

智実は新しいスーツを着て、本館の廊下を歩いていた。

「スーツ着てこいって……どういうこと？」

夕食の時、久城に言われた。「夕食がすんで、伸吾の勉強を見たら、スーツを着て書斎に来い」と。

「失礼します」

コンコンとノックすると、驚いたことに向こうからドアが開いた。

「え……っ」

久城もスーツ姿だった。夕食の時には、くつろいだ和服だったのでわざわざ着替えたのだろう。艶やかなナイトブルーのスーツは、すらりとした久城によく似合う。明るめのグレイのウエストコートが智実とお揃いのようだ。

「こっちだ」

手を引かれ、連れて行かれたのは、書斎の二つ隣にある舞踏室だった。そんなものが屋敷の中にあるのだから驚きである。久城は智実を見つめて言った。

「来週、寄付金を募るダンスパーティがある」

「え」

「新しいスーツも出来てきたし、おまえを連れて行くことにした」

「文憲さん……っ」

智実はびっくりして目を大きく見開いた。

「どうして……っ」

「慈善事業のダンスパーティだ。出席者は一人でも多い方がいい。良家の子女もたくさん来る。ダンスを踊れる男子は意外と少ないからな」

「でも……っ」

「私と一緒では嫌か?」

「嫌では……ないですけど……」

でも、ダンスなんてしたことがない。

「智実」

久城が甘く囁いた。

「こんなにきれいな智実を、私は皆に見せつけてやりたい。うちには、こんなに美しい……大切な家庭教師がいてくれるのだとな」

「文憲さん……」

「私もダンスは久しぶりだ。おまえにステップを教えるついでに、ざっと私もさらっておきたい。つき合ってくれるな？」

「あ、はい……」

久城はにこりと微笑んだ。

「じゃ、レッスンだ。基本のワルツのステップだけ覚えればいい。回転が多いから、難しそうに見えるが、基本を押さえておけば大丈夫だ」

組み方を教えてもらい、ゆっくりとステップを踏み始める。なかなか、足が前に出ない。

「おっと」

「あ、ごめんなさい……っ」

足を踏みそうになって、慌てて謝ると、久城が笑う。

「私の足ならいくら踏んでもいいが、ダンスパートナーの足は踏むなよ」

「……あなた以外とは踊りません」

智実はぽつんと言った。

「どんな……きれいなご令嬢がいても、踊りません。あなたを……見ています」

「智実……」

きゅっと軽く抱きしめられる。

「可愛いことを言う」

甘く微笑んで、久城は智実の手に軽くキスをした。

「それでは……私のレッスンにつき合ってくれ。二人で……踊りたい」

「はい……」

月明かりの下で、二人はゆっくりと踊り始める。久城が低く甘い声で、ステップを教えてくれる。智実はその通りに、ステップらしきものを踏み始める。

「右……後ろに引いて……左……そこで回転する……そうだ……うまいな。下を見るなよ。顔は……こちらだ」

「はい……」

最初はぎこちなかった智実の足も、少しずつ滑らかに前に出るようになってくる。

「えっと……」

簡単ではないが、久城は教え上手だった。指先を軽く握って、右、左と誘導してくれる。

「そう……右……右……前に出て……回転……前に出る時、少し膝を深く曲げて……次に伸び上がるようにする……そう……」

久城の歌う鼻歌のようなワルツに乗って、ゆっくりとステップを踏んでいく。

「あ……っ」

軽くつま先がぶつかってしまった。しかし、久城はくすっと笑っただけだ。

「間違えても気にしない。右……前に出て……斜め左……下がって……」

久城は胸で上手くリードする。きっとダンスにおける男性のリードがこうなのだろう。硬派な感じで、ダンスなど踊りそうにない久城だが、彼のステップは滑らかだった。彼が優雅に美しく踊るのに、智実は引っ張られるようにしてついていく。だんだん形になってくるのが嬉しい。

「じゃあ、今度はレコードをかけてみよう。間違えても気にしないで踊ればいい。智実が楽しければ、それでいいんだからな」

「はい……」

「では……二人だけの舞踏会だ」

曲はどこか懐かしいひずんだ音だ。クラシックのワルツが流れる。瞳を合わせ、息を合わせて、二人はゆっくりとステップを踏み始める。靴の鳴るきゅっという音がターンのたびに響く。

〝なんだっけ……美しく青きドナウ……だっけ〟

ステップはちょっと怪しいけれど、久城の上手いリードに乗って、どうにかライズ&フォールもできるようになる。ターンも久城が上手くリードしてくれるので、くるりときれいに回ることができる。ジャケットの裾がふわっと舞う。きれいな仕立てのスーツは、ダンスを踊っても少しも窮屈ではない。皺一つない久城の胸元を見ながら、智実は彼のリードで、薄明るい明かりの下でワルツを舞う。

「いいぞ、智実。上達が早いな」

「教え方が……上手いから」

「生徒がいいからな」

ゆらゆらと揺れる燭台(しょくだい)の明かり。取り合う手があたたかくて、そのぬくもりがたまらなく嬉しい。

凝った文様のクロス張りの壁が明かりに映える。寄せ木細工の床が足に優しい。

「……はい、終わりだ」

一曲踊り終わって、息を弾ませる智実に、久城が言った。

「ちゃんとダンスになっているじゃないか。踊ったことがあるのか？」

智実は首を横に振る。

「いいえ。僕のいた時代ではこういう社交ダンスは愛好者がやるものですから……」

「じゃあ、智実の勘がいいんだな。今日のレッスンはこのくらいにしておこう」

久城はそう言うと、蓄音機に近づき、レコードをかけ替えた。ゆったりとしたワルツが流れ出す。恋はやさし、野辺の花よ。

「……っ」

智実を引き寄せ、久城は明かりを消す。月明かりの中で、彼は智実を抱いた。ゆったりと音楽に身体を任せる。チークダンスには少しリズムが速い気もしたが、軽くステップを踏むにはちょうどいい。軽くステップを踏んで、二人はゆったりと身体を触れ合わせたまま踊る。

やがて、二人はそっと抱き合った。彼の腕が優しく智実を引き寄せる。涼しい白檀の香り。少し開いた窓からは、微かな虫の音も聞こえる。音楽はやがて止まり、二人は静かな時間の中で、ただ目を閉じて、夜の中に漂う。

「……文憲さん」

彼の胸に横顔をつけ、軽く目を閉じて、智実は彼のリードに身を任せる。

「あの地震の時……」

「うん？」

「あの……大きな地震の時、僕は……元の時代に戻りそうになった」

「智実……」

「でも……あなたが引き戻してくれた」

智実は彼の胸の音を聴く。

「あなたが戻るなって言って……引き戻してくれた。この……世界に」

この優しい世界に。僕を受け止めてくれたこの優しくも強い時代に。

「ずっと……おそばに置いてください……」

「おまえが元の世界に戻りたいと言っても、戻す気はない」

彼らしい愛の言葉。

「おまえは私のものだ。誰にも……渡さない」

ずっと一緒に、こんなふうに漂っていたい。この新しい匂いのする風の中に。

あなたと僕はめぐり会った。奇跡を重ねて、僕たちはここにいる。

この浪漫の時代に。あなたと手を取り合って。

「智実……愛している」

優しい口づけに言葉が溶けていく。唇に刻み込まれる甘い刻印。

「……愛しています……」

永遠に。

僕たちは永遠の絆(きずな)をここに刻む。

あなたと……僕の唇に。

あとがき

こんにちは、春原いずみです。

「時を超え僕は伯爵とワルツを踊る」、またも春原初のタイムスリップものでございます。担当さまの無茶ぶりw、相変わらずでございます。楽しんでいただけたでしょうか。

突然ですが、私は理系の道を歩んでおりまして、文系科目がからっきしです。特に歴史、近世は全くと言っていいほど学んだことがありません。今回の主人公智実くんと同じく、大正がいつから始まったかも、今回調べるまで知りませんでした。そんな奴の書いた大正時代物です。肩の力を抜いて、のんびりと雰囲気を楽しんでくださいませ。

イラストは小山田あみ先生です。大人っぽい素敵なイラストで飾っていただき、光栄です。どうぞ、先生のイラストをご堪能くださいませ。

そして、この本を手にとってくださった皆様へ。ロマンティックな雰囲気を楽しんでいただけたら、嬉しゅうございます。それでは、SEE YOU NEXT TIME!

春原いずみ

ラルーナ文庫

この本を読んでのご意見・ご感想・ファンレターなどお待ちしております。**〒111-0036 東京都台東区松が谷1-4-6-303 株式会社シーラボ「ラルーナ文庫編集部」**気付でお送りください。

本作品は書き下ろしです。

時を超え僕は伯爵とワルツを踊る

2018年4月7日　第1刷発行

著　　者｜春原（すのはら） いずみ
装丁・DTP｜萩原 七唱
発 行 人｜曺 仁警
発 行 所｜株式会社 シーラボ
〒111-0036　東京都台東区松が谷 1-4-6-303
電話　03-5830-3474／FAX　03-5830-3574
http://lalunabunko.com
発　　売｜株式会社 三交社
〒110-0016　東京都台東区台東 4-20-9　大仙柴田ビル2階
電話　03-5826-4424／FAX　03-5826-4425
印刷・製本｜中央精版印刷株式会社

ISBN978-4-87919-016-1